スマホを落としただけなのに 囚われの殺人鬼

志駕 晃

宝島社
文庫

宝島社

スマホを落としただけなのに　囚われの殺人鬼

主な登場人物

桐野良一……神奈川県警サイバー犯罪対策課の刑事。
牧田英俊……神奈川県警の警務部長。
松田美乃里…桐野の恋人。セキュリティ会社に勤めている。
浦井光治……丹沢山中連続殺人事件の犯人。
毒島徹………松田署捜査一課の刑事。
森岡一………美乃里が勤めるセキュリティ会社の社長。
丹波秀一……ビットマネー社の社長。
久保田稔……ビットマネー社の副社長。
JK16………悪のハッカーに立ち向かう、凄腕のホワイトハッカー。

第一章

A

神奈川県警生活安全部サイバー犯罪対策課。

先月ここに配属になったばかりの桐野良一《きりのりよういち》は、今日は終日、デスクでパソコンと格闘していた。

桐野は、刑事課から持ち込まれたある事件の容疑者のパソコンのハードディスクを調べていた。このハードディスクの中に、その事件の決定的な証拠があるはずだと聞かされていたが、桐野が一日がかりで調べてみても、特にそれらしいデータは見つからなかった。ちなみに警察では、証拠品としてパソコンを押収すると、すぐにそのハードディスクのコピーを取る。色々調べるのはそのコピーの方で、直接、押収したパソコンのハードディスクではない。なぜならばそれをいじると、そのデータが変わってしまい証拠としての能力を失ってしまうからだ。

メールのやり取りならば、データ自体を消去してもサーバーに残ったアクセスログを手繰《たぐ》っていけば、送受信者の特定やデータ自体も入手できる。その他にも削除されたデータの復元にはいくつかの方法があったが、このパソコンの持ち主はかなりITリテラシーが高いらしく、どこにもそれらしきデータは残っていない。

メールや画像などのデータは、ゴミ箱に入れてそのゴミ箱を空にしても、実は依然としてパソコン内部に残っている。ユーザーがゴミ箱に消去したと思っているのは、写真や動画などのデータの管理情報だけだ。

もっとも一般人ならば、それを復元することは難しい。

しかしメールや画像、そして動画のデータが犯罪の決定的な証拠になる昨今、デジタル・フォレンジックと呼ばれるパソコンやスマホから証拠データを復元する技術が飛躍的に向上していた。特にアメリカで開発された復元ツールは精度も復元率も素晴らしく、今や警察だけでなく一般企業でも不正防止などに利用されている。

桐野はそのアメリカ製の復元ツールを、さらに自分なりに改良して使っていた。桐野の目の前にはもう一台のパソコンがあり、ハードディスクから消去されたデータを、朝からずっとその復元ツールに探させていたが、未だにそれらしきものはヒットしていない。

このパソコンの中の宝探しが、桐野の仕事の一つだった。

しかしどんなに優れた復元ツールを使っても、押収したパソコンがダミーで他のパソコンに証拠を保存していたらそれまでだ。そもそものパソコンの所有者が、犯人ではない可能性もある。そんな不安が脳裏をよぎる。さらに犯人が超一流のＩＴ技術者だったとしたら、桐野の復元ツールを使ってもデータを取り戻すことは不可能だった。

デジタル・フォレンジックの、そして神奈川県警生活安全部サイバー犯罪対策課のもう一つの敵は時間だった。ツールを使っても、データの復元はパソコン内を虱潰《しらみ》しに当たるしかない。このハードディスクの使用容量に比例して、その復元作業には時間がかかる。

また神奈川県警も、サイバー犯罪対策課の人員を近年急速に増やしてはいるが、桐野を含めて六〇人程度しか捜査官がいない。それだけの人員で、ランサムウェア、フィッシング詐欺、出逢《であ》い系サイトの援助交際、そして学校裏ホームページでのいじめまで、サイバー空間で起こるありとあらゆる事件に対応しなければならなかった。

しかも本来ならば桐野の仕事はそれらのサイバー犯罪の啓蒙などが主で、今やっているデジタル・フォレンジックは、県警ナンバー２の牧田英俊《まきたひでとし》警務部長から直々に頼まれた特命の案件だった。

『今夜七時からの約束、大丈夫？　無理だったら遠慮せずにそう言ってね』

恋人の松田美乃里《まつだみのり》からＬＩＮＥが着信した。

今日は彼女の二四回目の誕生日だ。

壁の時計を見ると午後六時を回っていた。すぐにでもＬＩＮＥを返信するべきと思ったが、何と返すか悩んでしまう。パソコンのディスプレイには、スキャン状況を示すダイアログボックスが表示されている。パソコンは高速でスキャンを続けてはいるが、このデジタル・フォレンジックがいつ終わるかはわからない。このパソコンの中の宝探しが終わるまでは、桐野はいつ退庁できるかの目途がつかない。

桐野は現職の警官ではあったが、警察学校を卒業し形ばかりの交番勤務を経ただけで、すぐにこのサイバー犯罪対策課に配属された。桐野は民間のセキュリティ会社に就職して結構な年収をもらっていたにもかかわらず、半年ほど前に神奈川県警に転職した。そんな理由もあり、パソコンやＩＴに関する技術は同僚の間では抜きんでていた。

『少し遅れるかもしれない』

スマホにそう書き込みＬＩＮＥを送信しようと思った瞬間、スキャン済みを示す横棒が急速に伸びはじめた。やがて『スキャン終了』を表示するや、ディスプレイ上に消去されていた画像が次々と表示されはじめた。

「やった」

桐野は小さく声を上げる。

しかし表示されたその画像たちを見て、軽い目眩《めまい》を覚えた。

ディスプレイには四、五歳ぐらいの少女たちの全裸画像が表示されていた。中には裸の中年男性と一緒に写っているおぞましい画像もあった。

このパソコンの所有者は児童ポルノの愛好者で、そのデジタルデータをネットで販売していた。さらにその少女の中の一人が最近行方不明となり、警察はこのパソコンの所有者を重要参考人として捜査している。その少女が今どうなっているかは気にはなったが、桐野はあまりそのことは考えないようにした。自分は着実に任務を遂行できた。後は刑事部の仕事だと思った。

少なくともこれで、美乃里の誕生日を一緒に祝うことはできる。時計の針は午後六時一五分になろうとしていた。

しかしその時、桐野の目の前の内線電話が大きく鳴った。

B

男がテーブルでカフェラテを飲んでいると、セミロングの若い女性がカップを片手に窓際の席に座るのが見えた。くりくりとした目が愛らしいなかなかの美人だ。チェックの赤いプリーツスカートに白い薄手のニットを着ていて、その上からピンクのカーディガンを羽織っている。

山下《やました》公園のすぐ近くのこのコーヒーチェーン店からは、横浜港に浮かぶ氷川丸《ひかわまる》が見える。この船は太平洋戦争では病院船としても使われたが、一九六〇年に引退してからはずっとその場所で横浜の街を見守っている。

午後六時になろうとしていたが、店内はさほど混んではいなかった。

彼女の向かいで、サラリーマン風の男がノートパソコンを開いて一心不乱にキーボードを叩《たた》いていた。さらにタブレットで電子漫画らしきものを読んでいる学生風の男が一人、そしてスマホのゲームに興じている男子高校生が二人。あとは話に熱中している中年女性の三人組がいるだけだった。

セミロングの美人はハンドバッグの中から、ピンクのスマホケースに入ったスマホを取り出した。

男は遠めに彼女の様子を確認すると、目の前にあるラップトップ型のパソコンの画面に目を落とした。

『五八〇億円相当の仮想通貨が流出。海外のサーバーからの不正アクセス』

さっきから見ていたネットニュースのトップページに、今、話題の仮想通貨流出事件が表示されていた。仮想通貨とは、インターネット上で通貨機能を持った電子データのことである。二〇〇八年にサトシ・ナカモトという人物がインターネット上に発表した論文をもとに、二〇〇九年から実際の取引がはじまった。サトシ・ナカモトと言えば日本人のようだが、その国籍はもちろん、それが本名なのか、そもそもそんな人物が実在したのかどうかもよくわかってはいない。

ニュースはつい最近起こった前代未聞の巨額な仮想通貨流出事件を伝えていた。狙われたのは日本の仮想通貨の取引所で、その攻撃は海外にあるサーバーを経由していた。思わず記事を読み込んでしまったが、男はすぐに我に返り窓際の美人を観察する。

セミロングの茶髪で顔は半分も見えないが、物憂げそう表情でスマホを見ていた。彼女はカップの中の茶色い飲料を一口飲むと、何やらスマホをタップする。もちろん店内で、自分の行動を観察している男がいることなど微塵《みじん》も気づいてはいないだろう。

男はパソコンのタッチパッドを指で叩いた。

『今夜七時からの約束、大丈夫？　無理だったら遠慮せずにそう言ってね』

彼女がＬＩＮＥで送ったメッセージが、男のパソコンにも表示された。

このコーヒーチェーンでは無料でＷｉ‐Ｆｉが使えたが、ホテルや空港の無料Ｗｉ‐Ｆｉなどと同様、それらのＷｉ‐Ｆｉからは比較的簡単に他人のデバイスを覗《のぞ》く方法があった。一般家庭のＷｉ‐Ｆｉのように長くて面倒くさいパスワードを設定すれば、無料Ｗｉ‐Ｆｉのハッキングを防止することもできるが、もちろんそういう施設では、利便性を考えてそんなパスワードは設定されてはいない。

今彼女が接続しているＷｉ‐Ｆｉは、このコーヒーチェーン店本来のＷｉ‐Ｆｉサービスではない。男がこの店の無料Ｗｉ‐Ｆｉサービスに似せて作ったダミーのＷｉ‐Ｆｉを、知らない内にその茶髪の美人は使っていた。従って、今、彼女がスマホで行っているすべての操作や情報を、男の目の前の机の上にあるパソコンで見ることができた。

まずはそのスマホの発信元から、彼女の名前が松田美乃里であることが改めて確認できた。

男は彼女が凄腕のハッカーである可能性も考慮して、わざわざ彼女がよく利用するこのコーヒーチェーンに罠《わな》を仕掛けた。

松田美乃里は、今度はインターネットに接続してネットニュースをチェックしはじめた。某週刊誌がスクープしたキー局アナウンサーのダブル不倫のページを見ていたかと思ったら、すぐにグルメホームページに移動し、元町の『ホワイトテーブル』というお店を入念に調べているようだった。

ひょっとすると今日はこの後、そのお店でデートするのかもしれない。男は今日が美乃里の二四歳の誕生日であることも摑《つか》んでいた。その後、女性から電話が掛かってきて、その電話相手が安西優香《あんざいゆうか》という美乃里の友達であることも判明した。美乃里は

二、三分電話で話した後に、からからと屈託のない笑い声を立ててその電話を切った。
電話を切った美乃里のスマホは、ネットショッピングのページに飛んで化粧品をチェックしはじめる。ここでネットショッピングでもしてしまえば、今度はその決済情報まで危険に晒《さら》される。

男は美乃里の横顔を観察したが、自分のスマホが覗かれているとは微塵も思っていないようだった。警戒心がなさすぎる。その様子を見て、男は美乃里が凄腕のハッカーである可能性はないと判断した。

ちなみにWi-Fiを使ったハッキングでは、「ダークホテル」と言われる手法を使うこともある。これはホテルの無料Wi-Fiに仕掛けられたためそう呼ばれるようになった。それは無料Wi-Fiに接続されたスマホやパソコンに、グーグルやAdobeなどの正規のサービスのアップデートを騙《かた》った偽のメッセージを送り付ける方法だった。誰でも使うソフトやアプリのバージョンアップで、しかも無料だからと、つい油断して思わずクリックしてしまう。しかしその直後に、パソコンやスマホに「バックドア」という裏口が作られて、ハッカーがいつでもアクセスできるようにしてしまうのだ。

彼女は腕の時計に目をやると、僅《わず》かに残った茶色い液体を飲み干して席を立った。

男はカフェラテを口にしながらその後ろ姿を見送った。

A

「今やっている児童ポルノの作業は後回しにしていいので、先にこのハードディスクをデジタル・フォレンジックして欲しい」

内線電話で呼びつけられた牧田警務部長の部屋に入った途端、命令口調でそう言われた。壁に日の丸と警察旗が飾られているその部屋の机の上に、ビニール袋に入ったパソコンのハードディスクが置かれていた。

「児童ポルノの方は、つい先ほど証拠を見つけました」

桐野が手短にその内容を報告すると、牧田は満足そうに頷いた。

「それで、このハードディスクはいつまでに調べればよろしいですか」

桐野はデスクの上の銀色のハードディスクに目をやった。

「遅くとも、明日の朝までには結果を知りたい」

桐野は一瞬目眩がした。

壁の時計に目をやると、美乃里との約束の時間まであと三〇分を切っていた。

凶悪犯を追う刑事部はもちろんだが、生活安全部でも上官の命令は絶対だった。以前勤めていたセキュリティ会社だったら、何とか理由をつけて締め切りを引き延ばすこともできたが、ここではそうはいかない。しかも相手は県警ナンバー2の警務部長だ。

「明日の朝までに、このハードディスクの中から何を見つけ出せばよろしいのでしょうか」

「消去されているデータがないかどうかを調べて欲しい」

「それだけでよろしいですか」

牧田は小さく頷《うなず》いた。

「このハードディスクの中に残っている画像などのデータは、刑事部のサイバー担当が徹底的に調べた。しかし、もしも高度な技術で消去されているデータがあったら、刑事部のサイバー担当ではわからない。そこでお前の得意とするデジタル・フォレンジックで、刑事部では見つけられなかったデータがこの中に存在していないかを調べて欲しい」

紺の制服に黒いネクタイをした牧田が、有無を言わせぬ口調でそう言った。

「対象となるのは画像だけですか」

「画像もメールも、とにかくすべてだ」

桐野はすぐに頭を働かせる。

よほどのＩＴリテラシーの持ち主でない限り、あの復元ツールで削除されたデータは見つかるはずだ。

「わかりました」

もしも莫大《ばくだい》な容量が使用されていたとしても、消去されたデータを探すだけならば、一晩中パソコンを走らせておけばいい。おそらく明日の朝までには解析できるだろうから、早めに登庁すればいいはずだ。なにも自分がずっと見守っていなければいけないということはない。

「そう言えば、先週、警視庁のサーバーに忍び込んだハッカーがいたらしいな」

コンピューターの技術に長《た》けている人物をハッカーと呼ぶが、日本ではその技術を悪用する人物というイメージで使われることが多い。本来そういう輩《やから》はクラッカーと呼ぶべきだが、桐野の口から県警ナンバー2にそんな注意はできなかった。

「桐野、それに関して何か情報は聞いていないか」

牧田は思わせぶりな口調でそう訊《たず》ねる。

「特に何も聞いていません」

「本当か？」

何か疑われていたりするのだろうか。桐野は不安になる。

「私の仕事は児童ポルノや援助交際の取り締まりです。警視庁のサーバーに忍び込むようなブラックハッカーと接点なんかありません」

クラッカーなどの悪いハッカーをブラックハッカーと呼び、善なるハッカーであるホワイトハッカーと対比させて呼ぶことも、近年では定着しつつあった。

「そうなのか」

牧田が上目遣いに桐野を見る。

「お前のデジタル・フォレンジックは、FBIも一目置いているらしいじゃないか」

前職のセキュリティ会社での評判に尾ひれが付いて、ここではちょっと働きづらい。評価されるのは嬉《うれ》しいが、過大評価は迷惑だった。実力以上の仕事を頼まれても、できないものはできないからだ。目の前の牧田を含めて、コンピューターに関することならば、どんなことでも桐野が精通していると思われている節があった。

「デジタル・フォレンジックとハッキングはまるで別の技術です。しかし警視庁もセキュリティを強化したらしいと聞いていましたから、それが簡単に突破されてしまったとなると問題ですね。マスコミにでもばれたら大騒ぎですから」

警視庁も全国の都道府県の警察も、サイバーセキュリティへの取り組みははじまったばかりで、レベルとしては民間とそうは変わらなかった。

「簡単に突破されたかどうかは知らないが、確かにマスコミにばれたらことだろうな。うちのホームページは大丈夫なのか」

桐野は県警のホームページの仕事も担当させられていた。

「その辺の素人クラッカーだったら大丈夫ですが、中国とか北朝鮮とかからの国家レベルの攻撃が来たらひとたまりもありません。向こうは国を挙げて数百人単位で攻撃してきますから。だから警務部長、もっと予算と人員をうちの課に回してください」

「相変わらず、ズケズケとモノを言う奴だな」

牧田の眉が微かに歪《ゆが》む。

「すみません。つい民間の時の癖が出てしまいました」

警務部長というのは、神奈川県警トップの本部長の下、県警のすべての予算と人事を取り仕切る責任者だ。本来は交番勤務を数年はやらなければならない桐野を、強引にサイバー犯罪対策課に配属させたのも、他ならぬこの牧田だった。

「まあ、俺はそういうのは嫌いじゃないけどな。あ、あと桐野。そのハードディスクの中から、もしも長谷川祥子《はせがわしょうこ》という名前に関するデータが出てきたら、今晩中、いつでもいいのですぐに連絡をくれ」

「今晩中？　深夜でも良いってことですか」

「俺が寝ているのを叩き起こしてもらって構わない」

桐野は机の上の銀色のハードディスクを凝視した。それほどの重大事件のデータが、その中に隠されているということなのか。

「誰なんですか。その長谷川祥子という女性は」

牧田は小さくため息をついた。

「このハードディスクが入っていたパソコンの持ち主に、殺された可能性が高い女性だ」

「殺人事件ですか。それは穏やかではないですね」

桐野は改めて、そのハードディスクを見た。ビニール袋に入った銀色の箱の中には、とてつもなく不気味なものが隠されているような予感がした。

「このハードディスクが入っていたパソコンの持ち主は、一体、誰なんですか」

牧田は桐野を正面に見据えると、おもむろに口を開いた。

「浦野《うらの》善治《よしはる》。……もっともこの名前は本人が騙っている偽名にすぎない。本名は浦井《うらい》光治《みつはる》。このハードディスクが入っていたパソコンは、丹沢《たんざわ》山中に六人の女性を葬ったあの稀代《きたい》のシリアルキラー、連続殺人鬼の持ち物だ」

C

『ちょっと遅れるかもしれない』

桐野からＬＩＮＥがあったのは、約束の時間を一〇分すぎた時だった。美乃里は元《もと》町《まち》のイタリアンレストランのテーブルで、そのＬＩＮＥを見つけてため息をついた。

ちょっととは一〇分なのか、それとも二〇分なのか。

それが三〇分になった時には、美乃里は悲しい気分になってきた。

何度スマホを確認しても、その後ＬＩＮＥは着信していない。

以前はこんなことはなかった。桐野と美乃里は同じ職場で知り合って、今年で付き合い出してちょうど二年目だ。桐野が警察に転職するまでは、二人の関係は極めて良好だった。忙しいのは昔も今も同じだが、当時は仕事の主導権がすべて桐野にあったので、今日のようにデートに遅刻したりすることは絶対になかった。

しかし美乃里に一言も相談することなく、突然、桐野は警察に転職してしまう。警察学校の六ヶ月間は全寮制みたいなものなので、二人が会う機会は激減した。やっと警察学校を卒業し、比較的時間の自由がききそうな生活安全部に配属されたものの、何かと急用が入り二人の関係がぎくしゃくすることが多くなっていた。

美乃里はスマホをもう一度チェックしたが、桐野からの連絡はない。思い切って電話をしてみようかと思ったが、通話ボタンを押す寸前にその指が止まる。警察という職場は、個人のスマホだったとしても職務中に電話をするのは好ましくはないらしい。そんな職業なのだと桐野から聞かされていた。

自分の二四歳の記念日のために、この創作イタリアンのレストランは、美乃里が自分で探して予約を入れた。桐野はそんなことをしている暇はなかったし、何しろ美乃里自身が、デートにお勧めとネットで評判だったこのお店に行ってみたかったからだ。事実、週末のその店のテーブルはすべて幸せそうなカップルで埋まっていて、一人でテーブルに座っているのは美乃里だけだった。ふと視線を感じて顔を上げると、こちらを心配そうに見ている店員と目が合った。

「すみません。とりあえず生ビールをお願いします」

作り笑顔で店員にオーダーし、目の前にあったメニューに目を落とす。トリュフをふんだんに使ったオムライスがこの店の名物で、紅鮭のバターライスやチキンのマサラカレーなどもお勧めだった。そんな一風変わったメニューを二人で美味しく食べようと楽しみにしていたが、肝心の桐野がいくら待っても現れない。

愛されていないのではないか。

ふとそんなことも考えてしまう。桐野はもともとちょっと捉えどころのない、何を考えているかわからないタイプの男だった。そこが魅力的だと思ったこともあったが、こうなってしまうと不安になる。自分は桐野の何を知っているのだろうか。

桐野は美乃里よりも五つ年上の二九歳だった。父親はかなり前に他界していて、母親との二人で東神奈川駅近くのマンションに住んでいる。桐野は東京の一流と言われる理系の単科大学の情報工学科を卒業し、美乃里が今勤めているセキュリティ会社に就職した。子供の頃からパソコンが好きで、小学生の時にはもう既に趣味でプログラムを書いていたそうだ。

同じセキュリティ会社の社員だったが、美乃里の仕事は庶務兼社長の秘書的なもので、もちろんプログラミングなんかやったこともない。美乃里は目白にある大学で普通に四年間のキャンパスライフを楽しんだ後に、今の会社に就職した。

ちなみに極めて優秀なエンジニアだった桐野は、美乃里のような一般社員とは別扱いで、ボーナスも相当な金額をもらっていた。桐野は見ようによってはイケメンだったし、無口な割には行動力がありそこが男らしいと言えなくもなかった。オタク的な気持ち悪さもないため、美乃里は会った瞬間に桐野に魅力を感じた。同僚の女子社員の間でも桐野は結構人気があったが、並みいるライバルたちに先駆けて美乃里が強引に食事に誘ったのが、二人が付き合うきっかけだった。

しかし愛を語るのはいつも美乃里ばかりだった。

桐野は、仕事はもちろん、プライベートでもあまり感情を露にすることはなかった。桐野に「愛している」と言わせたことは何度もあったが、言ってもらったことはまだ一度もない。本当のところ、自分はどこまで桐野に愛されているのか。

二四歳の誕生日の夜に、一人でビールを飲んでいると、見ないようにしてきた桐野の本当の気持ちが見えてしまう。

美乃里は悲しみを通り越して、だんだん惨めな気分になってきた。

いつの間にか大粒の涙がこぼれ落ちていて、本人が一番びっくりする。

その瞬間、美乃里のスマホが小さく震えた。

『美乃里ちゃん。すみませんが、明日一時間早く出社してくれませんか。急ぎお願いしたいことができてしまいまして』

桐野からかと思ったが、美乃里が勤めるセキュリティ会社の社長の森岡一《もりおかはじめ》からのLINEだった。

森岡も優秀なエンジニアで、自らの財産をつぎ込んで美乃里が勤めるセキュリティ会社を起業した。会社は順調に業績を上げていたが、右腕的な存在の桐野が転職してからは、森岡は経営を見ながらも自らプログラムを書くという多忙な毎日を送っている。

『わかりました』

返事を打ち返した後、もう一度桐野からの連絡が来ていないかとスマホを見る。

いつの間にか、目の前のグラスが空いていた。

「すみません。生ビールもう一杯ください」

店員が愛想笑いをしながら頷《うなず》いた。

このまま桐野から連絡が来なかったら、このお洒落なレストランで悪酔いをしてしまうのではと美乃里は思った。

A

「牧田部長。結論から申し上げて、あのパソコン中には、特に意図的に消去された怪しいデータはありませんでした」

翌日、牧田に朝一番で呼び出された桐野は直立不動でそう答えた。

「もう少し、詳しく説明してくれ」

牧田を前にすると、桐野は自然と緊張してしまう。目の前の男はハッカーとクラッカーの違いも理解できてはいなかったが、県警のナンバー2になるだけあって、物事の本質を見抜く能力があった。従って、報告や連絡も簡潔にかつ要領よくやることを求められた。

「消去されていたデータはありましたが、スパムや迷惑メールらしきもの、撮影に失敗したような写真や動画などで、意図的に犯罪の証拠を隠滅したようなものは見つかりませんでした。これが復元したすべてのデータのリストです」

桐野がプリントアウトした紙を渡すと、牧田は黒縁の眼鏡を掛けてその紙を凝視する。

「長谷川祥子に関する記述はなかったのか」

「消去されたデータはもちろん、残っているデータを含め徹底的に調べてみましたが、長谷川祥子という人物に関するデータは一切ありませんでした」

　眠い目を一掻《ひとか》きしながらも、桐野はそう断言する。

　桐野が浦井のパソコンのハードディスクと格闘している間に、夜が明けてしまった。六人の女性を丹沢山中に埋めたあの連続殺人鬼が相手ならば、いい加減なことは許されない。何しろ犯人はスマホやSNSで数多くの人物になりすまし、警察捜査の裏をかいた天才クラッカーだ。一晩中パソコンを走らせてその結果を報告するだけでは、あまりに不十分だと桐野は思った。しかしそれ以上に、あの天才クラッカーのパソコンの中に、どんなソフトやデータが入っているかが気になって、それを調べずにはいられなかった。

　結局桐野は、美乃里の誕生日デートをキャンセルし、このハードディスクの中身を夜を徹して限界まで調べた。そして導き出した結論は、やはりこの中には長谷川祥子という文字列はもちろん、その女性に結び付きそうなデータは残っていないということだった。

「間違いないか」

　牧田は黒縁の眼鏡を外し、桐野を正面からじろりと見た。

「データを完全に削除するソフトもありますから、浦井がそれを使ったとしたら可能性はゼロではありません。しかしそのソフトが使用された形跡はありませんでした」

桐野の報告を聞いて、牧田は腕を組んで黙り込んだ。

「一晩かけてこのハードディスクを調べました。浦井は天才的なクラッカーかもしれませんが、デジタル・フォレンジックの裏をかくような技術があるようには思えませんでした」

牧田は桐野の言葉に反応することもなく、大きく天井を仰ぐ。

「ハッキングやクラッキングと、データの消去や復元は全く別の技術です。他の被害者とのメールのやり取りなどは、そっくりそのまま残っています。さらに女性を監禁している動画や、まさに殺害しようとしているものまでありました。証拠隠滅ということならば、まずはその動画を削除するはずです」

「まあ、確かにその通りだな」

「他の被害者との証拠となりそうな動画や画像はそのまま残っていますが、その長谷川祥子という女性らしきデータはありませんでした。単にゴミ箱から消去したのであれば、あの復元ツールに引っかかるはずです。ですから色々な可能性を考えてみても、やはりあのハードディスクの中に、長谷川祥子という女性に関するデータは存在しなかったと考えるのが妥当だと思います」

牧田は大きく唸《うな》りながら目を瞑《つむ》り、眉間に皺《しわ》を寄せて考える。日頃、自信満々に見える目の前の男が、これほど思い悩んでいるのを桐野は驚きをもって見つめていた。

「それではどうにも辻褄《つじつま》が合わないんだ」

突然、牧田はかっと目を見開いてそう言った。

一瞬、桐野はその発言の意味がわからなかった。

「何の辻褄が合わないんですか。牧田部長、もう少し詳しいことを教えてもらえませんか」

牧田は軽く首を傾げたが、すぐにいつもの思わせぶりな笑顔を湛《たた》える。

「桐野。すまないが、これから松田《まつだ》署に行って、そこの毒島徹《ぶすじまとおる》という刑事に、お前の考えを説明してやってくれないか」

B

松田美乃里の自宅の住所、そしてその勤務先を調べるのは、男にしてみれば大した作業ではなかった。美乃里は業界では割と知られたセキュリティ会社に勤めてはいたが、彼女自身がプログラムを書けるわけではないらしい。一時は凄腕のクラッカーかと警戒したが、それがわかれば今度は松田美乃里の交友関係を中心に、詳しい個人情報を探る必要があると男は思っていた。

『美乃里。この前は本当にごめん』

『全然、気にしてないから、大丈夫。良ちゃんの仕事は特別だからね。でもあのイタリアン、ちょっと食べたんだけど本当に美味しかったから、今度、時間があったら一緒に行こうね』

あのコーヒーチェーンで美乃里のスマホに潜入した時に、遠隔操作ウィルスを仕込んでおいた。そのウィルスを作動させ美乃里のスマホのマイクを生かせば、部屋での会話などを盗聴することができた。今夜、鶴見《つるみ》の美乃里のマンションに恋人らしき人物が来ることは、やはり美乃里のスマホに届いたメールで摑んでいた。

『部長から直々に頼まれた仕事だったんだ。詳しいことは言えないけど、あの日はどうしても抜け出せなかったんだ』

『良ちゃん。それって、危ない仕事じゃないの?』

美乃里は恋人のことを良ちゃんと呼んでいた。男はこの良ちゃんと呼ばれる人物のアドレスにも、何種類もの最新型の遠隔操作ウィルスを送りつけた。しかしこの良ちゃんは、一度もそれに引っかかることはなかった。

『やっていることは変わらないから危険ってことはないけど。でもまあ、さすがに今回の案件は、ヤバいかもね』

『それってどういう意味』

美乃里が心配そうにそう訊ねた。

『詳しいことは言えないけれど、今、ちょっと大きな事件に関わっているんだ。だから この前みたいに、どうしても抜け出せないこともあるかもしれない』

『良ちゃん。最近、本当に忙しそうね』

『ごめんな。まあ、それでなくてもうちの課は、人数の割には案件が多いからな』

男は良ちゃんの素性が知りたかった。男の仕掛けるクラッキングに引っかからないのならば、尾行などのもっとアナログな方法でこの男の正体を突き止める必要があるかもしれない。男がそう思っていると、二人の会話が途絶えて、部屋の様子が急に聞こえづらくなった。

美乃里の口が何かで塞がれたような音がした。

まさか、盗聴がばれたのか。

男は焦りながらもマイクの音量を上げて耳を澄ませる。

微かに囁《ささや》くような声が聞こえている。

もしも本当に盗聴がばれたのならば、すぐにこの痕跡を消さなければならない。瞬時にこの接続を切り、さらにこのパソコンのハードディスクを抜き出して、物理的に復元できないようにしなければならない。相手が一流のハッカーやクラッカーだったら、そんな逆探知攻撃を仕掛けてくる可能性があった。男は唾を飲み込み、もう一度スピーカーから聞こえてくる僅かなノイズに耳を澄ませる。

やがてガサゴソとした衣擦れのような音が続き、さらにちょっと鼻にかかった美乃里の苦しそうな声が聞こえてきた。その声が何の音なのかを理解した時、美乃里のコーヒーチェーン店での美しい笑顔を思い出し、男はちょっと複雑な気分になった。

やがて男のパソコンのスピーカーから、美乃里の嬌声《きょうせい》が聞こえてきた。

A

「松田署捜査一課の毒島です。わざわざこんな遠くまですいませんね」

神奈川県足柄上《あしがらかみ》郡松田町にある警察署で桐野を迎えてくれた刑事は、よれよれのスーツを着た中年の男だった。『丹沢山中連続殺人、及び連続死体遺棄事件』の捜査本部が置かれていた時は、ここはハチの巣をつついたような大騒ぎだったらしい。しかし犯人の浦井が逮捕されると捜査本部も大幅に縮小され、今ではすっかり落ち着きを取り戻していた。

「本庁生活安全部サイバー犯罪対策課の桐野です。牧田警務部長から毒島さんにお会いするように言われ参りました」

「桐野君。君は相当、優秀らしいね」

　毒島は手元の書類に目を通しながらぼそりと言った。

「そんな、大したことはありません。毒島さんこそ、犯人の浦井光治を現行犯逮捕したご本人なんですよね」

「ああ、そうだけど」

「それはお手柄でしたね」

「まあ、ラッキーなだけだけどね」

　松田署の捜査本部が置かれている会議室で二人は話をしていた。縮小されたとはいえ、まだ会議室には事件の資料などが山のように積まれている。

「浦井の取り調べは、順調に進んだらしいですね」

「ああ。浦井は終始恭順で、過去の犯罪をすべて自白した。自分の本名だけはなぜかなかなか言わなかったが、最後には浦井光治という名前を明かした」

「調書を読ませてもらいましたが、浦井は全く身寄りがなかったんですよね」

「ああ。両親ともに死別していて、近しい親せきもいなかった。中学の頃から不登校だったので、当時の浦井を覚えている人物もほとんどいない」

「両親がいなくて、浦井はどうやって生活していたんですか」

「家にはそれなりの貯金があったらしい。それに浦井は若くしてコンピューターのスキルが高かったから、ネット上でプログラミングのバイトをしたりして、生活に困るようなことはなかったそうだ」

毒島が湯気の立っている紙コップに口をつけたので、桐野も紙コップのホットコーヒーを一口飲んだ。ほろ苦い液体がゆっくり喉を通り過ぎていく。

「浦井のパソコンは、逮捕時に現場で押収したんですよね」

「浦井を逮捕した時に一緒に押収した。浦井はいくつかのパソコンを持っていたが、あのパソコンだけはいつも持ち歩いていたと本人は証言している」

「捜査本部の方でも、そのパソコンのハードディスクは調べたんですよね」

毒島は刑事課で徹底的にそのパソコンを調べ上げたことを説明した。しかし相手は天才的なクラッカーなので、素人ではわからないような仕掛けがあるんじゃないかと思い、牧田警務部長に相談したところ、桐野に依頼することになったらしい。

「それでサイバー犯罪対策課の天才から見て、あのハードディスクに何か仕掛けはあったか」

「天才だなんて……」

警察に転職してから、この手の揶揄《やゆ》にどう応えていいか困っていた。桐野が顔を顰《しか》めると、毒島は軽く微笑んだ。

「どうなんだ。あのパソコンの中に特別な方法で消されたデータはあったのか」

「消去されたデータはすべて復元しました。これがその一覧です」

桐野は牧田にも提出したそのリストを毒島に渡した。

「やはり、長谷川祥子に関するデータはなかったのか」

「牧田部長にも申し上げましたが、そういう名前の人物で削除されたものはありませんでした。そして私が調べた限りでは、その女性に繋《つな》がりそうなデータは、そもそもあのパソコンのハードディスクの中にはなかったものと考えます」

毒島は大きく腕を組んで首を捻《ひね》った。

「毒島さんが浦井を逮捕した時、彼は逮捕されることを想定していましたか」

「多分、そんなことは思ってもいなかっただろう。現着してすぐに乱闘になり、最後の最後まで抵抗していたから」

「では、パソコンを操作して証拠隠滅を図る余裕もなかったわけですよね」

「ああ、そんな余裕はなかったと思う」

「時間があれば、特殊なソフトを使って長谷川祥子のデータだけを完全に消去することもできなくはありません。しかし逮捕前の僅かな時間で、長谷川祥子のデータだけを消去したというのは、現実的には考えられませんね」

「……そうか」

「毒島刑事。もしも差し支えがなければ、もう少し詳しいことを教えてもらえませんか。どうしてその長谷川祥子に関するデータが、あのパソコンのハードディスクの中にないと困るんですか」

毒島がもう一口ホットコーヒーを飲む間、桐野はじっと黙って毒島が話し出すのを待っていた。

「現場となった丹沢山中からは、結局、六人の女性の遺体が発見された。当初は身元の判明に苦労したが、今はその全員の身元と死亡推定時期がわかっている。桐野君、これを見てくれ」

そう言いながら毒島は、ホワイトボードを指さした。そこには被害女性らしい写真のコピーが何枚か張り付けられていた。

「浦井の供述によると、最初に奴が殺害したのがこの宮本《みやもと》まゆだ。殺害当時一九歳。浦井が通いつめたこの小田原《おだわら》のデリヘル嬢を、浦井は逆恨みから三年前に殺害した」

宮本まゆはややふくよかな女だった。童顔のせいか中学生と言っても通用しそうな笑顔が可愛《かわい》らしい女で、髪型はウェーブがかった黒のセミロングだった。

「そして次に殺害したのが、池袋で同じくデリヘル嬢をやっていた池上聡子《いけがみさとこ》、二三歳。彼女はそのデリヘルの店長の愛人で、実家は北海道の道北だった」

池上は黒髪の見事なロングのストレートヘアーの持ち主だった。そこそこの美人で、青山《あおやま》あたりで働いていそうなスタイリッシュな大人の女だった。

「その次がこの小森玉枝《こもりたまえ》、三三歳。彼女は鶯谷《うぐいすだに》でデリヘル嬢として働いていた」

　小森玉枝は宮本まゆをさらにふくよかにしたタイプで、あまり美人とは言えなかったが、そのストレートの黒髪は艶やかだった。

「さらにその次が、猪俣明日香《いのまたあすか》、二八歳。ちなみに猪俣はデリヘル嬢ではない。都内の企業に派遣で勤めていたOLで、新宿《しんじゅく》に住んでいた」

　猪俣はそこそこの美人で、髪は黒のセミロングだった。しかも緩やかなウェーブがかかっている。

「そしてその後に池袋に住んでいた西野真奈美《にしのまなみ》、二七歳を殺害する。彼女は秋田県鹿《か》角《づの》市の出身だった。ちなみに西野は浦井の大のお気に入りで、殺害した後、暫《しばら》く彼女のアパートに住んでいたそうだ」

　その五人の中では西野があきらかに一番の美人で、モデルやタレントと言われても疑わないだろう。そしてその漆黒でまっすぐな髪は、腰のあたりまで伸びていた。改めてその五人の写真を見ると、浦井がいかに黒髪にこだわっていたのかがよくわかる。

「浦井はそこまでは完全に自供している。そして君も見たと思うが、あのパソコンの中には被害者たちと交わしたメール、画像、そして動画までたっぷりと残っている」

　桐野は黙って頷いた。確かに先日徹夜であのパソコンを調べた時に、彼女たち五人のデータを何度も目にしていた。中には残虐な方法で殺される瞬間のものもあり、それを思い出すたびに吐き気を覚えた。

「しかし最後に発見された被害者の長谷川祥子に関しては、あのパソコンの中にも何のデータも残っていない。しかも浦井は、長谷川祥子に関してはなぜか黙秘を貫いている」

「黙秘ですか？　何で浦井はそのことについて喋《しゃべ》らないんですかね」

「それも含めてわからない」

その長谷川祥子の一件さえなければ、とっくの昔に浦井は起訴されていただろう。しかしその謎が残っていたので、浦井の取調べは八回目の再逮捕を経て未だに続いていた。

「長谷川祥子の身元はわかったんですか」

「高知から一八歳の時に上京し、渋谷《しぶや》で一人暮らしをしていた派遣のＯＬだった」

「殺害されたのはいつ頃だったんですか」

鑑識によると、長谷川祥子の推定死亡時期は三年から四年ぐらい前で、宮本まゆよりも前に殺された可能性もあるらしい。さらに長谷川祥子の遺体は状態が悪く、刺殺なのか絞殺なのかさえわからない。

「それならば長谷川祥子とのやり取りだけ、古いパソコンでやっていたんじゃないですか。そしてそのパソコンは廃棄してしまったんじゃないですか。浦井はあの現場で押収されたパソコンを、三年ぐらい前から使いはじめていましたから」

　捜査本部でも、その可能性は考えたらしい。毒島もそう思ったらしいが、それならばなぜ、浦井はそのことを頑《かたく》なに黙秘しているのかと訊ねられた。

　桐野は一つの可能性を考えていた。

「浦井は裁判の開始を遅らせようとしているんじゃないですかね」

「裁判？」

　毒島は怪訝《けげん》な表情でそう訊ねた。

「裁判をやれば浦井の死刑は間違いありません。何しろ六人も殺していますから。しかし一件だけでも自供しない事件があれば、警察としても取調べを終了するわけにはいかない。なんだかんだいっても、浦井は死ぬのが怖いんじゃないんですかね」

　しかし毒島は桐野の言葉に首を捻る。

「実際に浦井に接していると、もうとっくに死ぬのは覚悟している感じだがな」

　浦井の取調べは県警捜査一課が担当していたが、毒島も何度か加わったことがあるらしい。

「ところで、その長谷川祥子の写真はないんですか」

　毒島は、ホワイトボードの一番右のスペースがポカリと空いてしまっているのに気が付いた。よく見ると、写真が一枚床に落ちている。

「これが、その長谷川祥子の写真だ」

毒島は写真を拾い上げて桐野に手渡した。

「この写真は、いつ撮影されたものですか」

「殺害される二ヶ月ほど前だ」

「この後、長谷川祥子は髪を染めたんでしょうか」

毒島から手渡された写真には、茶髪をふんわりと巻いたセミロングの女性が写っていた。

「わからない」

毒島は大きく首を振った。

「長谷川祥子が黒髪にしていた写真はないんですか」

「とりあえず、捜査本部では入手していない」

桐野はもう一度、六人の被害者の写真を見比べる。

「毒島刑事。浦井のパソコンのハードディスクの中身を見て思ったのですが、フォルダの名前の付け方やアイコンの置き方、そしてメールの文章などから、浦井は非常に几帳面《きちようめん》で、執着心の強いタイプの男だと思うんです」

「パソコンからでも、そんなことがわかるのか」

「もちろんです。ハッカーやクラッカーにとって、パソコンは自分の部屋みたいなものですから。いや、部屋以上にパソコンからわかることは多いかもしれません。浦井は物事には執着しますが、その一方でいらないと思ったものは、あっさりゴミ箱に消去するタイプの男です。同じような感覚で、五人の女性も殺してしまったのかもしれません」

毒島は大きく腕を組んで天井を見上げた。そしてやがて目線を落として、桐野を正面から見つめなおした。

「桐野君。一度、浦井に会ってみないか」

B

『流出の仮想通貨、分散させて別の口座に』

男はネットニュースで、仮想通貨流出事件の続報をチェックしていた。

『犯人は流出した仮想通貨を別の口座に細かく分散。複雑な操作で何度も取引を繰り返している模様』

『これ以上の仮想通貨の追跡は不可能か』

松田美乃里とその恋人の良ちゃんの素性を調べる予定だったが、緊急事態が発生していた。

『JK16を名乗るハッカーが、流出仮想通貨をマーキング』

驚いたのは、この仮想通貨流出事件で謎の正義の味方が出現したことだった。

JK16というハンドルネームのホワイトハッカーが、流出した五八〇億円の仮想通貨に目印を付けてしまった。これで仮想通貨を分散して何回取引を繰り返しても、その出元が秘匿できないようになってしまった。

このいきなり登場した正義のハッカーを、日本を代表する経済新聞社までが追いはじめた。これはまさに「想定外」のことで、サイバー小説でも書かれたことのないネット上の戦いがはじまっていた。

『凄腕のホワイトハッカーが流出した仮想通貨を追っているらしいね。五八〇億円分すべてにマーキングをしたってつぶやいていたよ』

JK16は、流出した仮想通貨の追跡の様子をSNSでツイートしていた。裏でも表でも、ハッキング関連のネットの掲示板はそのJK16の話題でお祭り状態だった。

『犯人側も諦めるしかないんじゃない。これじゃあ五八〇億円は現金化できないよ。現金化しようとしたところで即逮捕だよ』

仮想通貨はあくまで仮想なので、どこかでリアルな通貨に替えなければ意味がない。しかしそれで足がついてしまえば元も子もない。

『JK16って本当に女子高生なの？』

一方でJK16の正体も謎に包まれていて、そのハンドルネームから色々な憶測を呼んでいた。

『天才美少女ハッカーらしい』

『それはないでしょう。これほどの技術の持ち主が16歳のはずがない。被害にあった仮想通貨の財団の関係者っていう話だよ』

『自宅警備員16年っていう意味で、ただのおっさんらしいよ』

ネット上ではJK16の正体探しも盛り上がっていた。

『Mが、JK16ってことはないかな？』

『誰？　Mって？』

『三年ぐらい前に、ダークウェブ界で有名だったカリスマクラッカーだよ。昔、同じような仮想通貨流出事件が起こった時は、Mが関係していたって噂《うわさ》だよ』

『MがJK16ってことはないでしょ。Mはブラックハッカーだから。むしろ犯人がMっていう可能性ならあると思う』

A

浦井は意外にも、サイバー犯罪対策課のある同じビル内、つまり神奈川県警察本部庁舎の中に収監されていた。

横浜港に隣接するこの本部庁舎は、ちょうど山下公園とランドマークタワーの中間に建っている。二〇階建てのそのビルの中には、神奈川県の警察機構の中枢が置かれていた。県下の交通状況が一目でわかる交通管制センターや、神奈川県内のすべての一一〇番が掛かってくる通信指令室などもこのビルの中にあった。さらに最上階の二〇階には展望台があり、大桟橋に横づけになる豪華客船やベイブリッジ、世界最大の時計でもある大観覧車のコスモクロック21、さらに天気が良ければスカイツリーや富士山も見ることができる。

そして神奈川県警察本部庁舎内には、留置施設もあった。

県警も稀代のシリアルキラーを、松田署の施設で収監するのは限界があると判断した。その事実は県警内でも秘密にされていたが、実は浦井は逮捕直後からこのビルの中で取調べを受けていたようだ。児童ポルノやサイバー教室など、日々の仕事に追われていた桐野は、まさかそんな凶悪犯と一緒のビルの中で自分が働いていたとは思ってもいなかった。

桐野が捜査一課のエース後藤武史《ごとうたけし》とともに、四畳半にも満たない狭い取調室で待っていると、腰縄を付けられた浦井光治が入ってきた。桐野はその時初めて稀代のシリアルキラーと対面した。

「はじめまして。浦井光治です」

驚いたことに、浦井は桐野に握手を求めてきた。

思わず桐野は立ち上がったが、身長一七八センチの自分より、浦井の方が数センチほど高かった。オタクにありがちな肥満体型ではなく、痩せてはいるが意外と筋肉質な印象がした。

浦井が差し出した右手と桐野の右手が握手をする。すると握り合った右手の上にさらに浦井は左手を重ねてきた。その手は思ったよりも力強く、そして温かかった。しかしその手で何人もの女性を殺《あや》めてきたことを思い出し、桐野は思わず手を引いた。

「浦井。今日はお前のパソコンのことで、こちらの捜査官が訊《き》きたいことがあるそうだ」

「お名前は？」

桐野はそう訊《たず》ねられて、緊張のあまりまだ自分が名乗っていないことに気が付いた。

「サイバー犯罪対策課の桐野だ」

「ああ、あなたが桐野良一さんですか」

いきなりフルネームで呼ばれ、桐野は心底驚いた。

「なんで、俺の名前を知っている」

浦井は不敵な笑みを浮かべている。

「桐野さんのお名前は、僕たちの業界では結構有名でしたから。桐野さんがセキュリティ会社時代に作ったアンチウィルスソフトに、痛い目にあって恨んでいる奴は多いですよ。警察に転職したと聞いていましたが、神奈川県警にいたんですか。てっきり警視庁かと思っていました」

自分の名前がクラッカーたちに知られているとは思わなかった。名誉なことと言えなくもないが、それ以上に薄気味悪い。

「それで桐野さん。今日は、どんなことをお話しすればいいでしょうか」

座るや否や浦井にそう切り出された。これではどちらが尋問されているかわからない。やはり目の前の男はただモノではないと桐野は身を引き締める。

「浦井光治。お前は逮捕時に、何台のパソコンを持っていたんだ」

桐野は意識して低いトーンでゆっくりと訊ねた。

「三台だけですよ」

桐野が調べたハードディスクは、浦井が持ち歩いていたタブレットパソコンに搭載されていた。ここに被害者に関するデータが集中して保存されていたように、犯罪には主にそのパソコンを使っていたようだった。そしてもう一つがウィンドウズ搭載のノートパソコンで、これはダークウェブの匿名のネットワークにアクセスするために使われていた。さらにもう一台マックプロを持っていたが、これはそれほど使っていなかったようだ。そしてその三台のパソコンのどこにも、「長谷川祥子」に関するデータは見つからなかった。

「それ以外にはパソコンを持ってはいなかったのか」

「持っていません。かつて持っていた分は既に廃棄してしまいましたから」

浦井は無表情にそう答える。嘘《うそ》をついているのかいないのか。浦井の顔の筋肉を注意深く観察するが、何を考えているのか全くわからない。

「お前のパソコンの中身を調べさせてもらった。酷《ひど》い動画や画像もあって目を背けたくなったが、ああいうものを蒐集《しゅうしゅう》するのがお前の趣味なのか」

「蒐集することに興味はありません。むしろ撮影するのが好きなんです」

「どういうことだ」

「エッチをしている時にハメ撮りをしたがる人がいるじゃないですか。あの感覚に近いかもしれません」

浦井が目を細めてニヤリと笑うと、その目が怪しく光る。

「桐野さんはハメ撮りをしたことはありませんか」

挑発しているのだろうか。桐野はなるべく感情を表さないように気を付ける。

「もちろんない」

「やってみたいとは思いますよね」

そんなことは思ったこともなかったが、そういう機会を与えられたらどうだろうか。やはりやってみたいとは思わないだろう。

「そういうことは、変態がするものだと思っていた」

「ふーん、でも桐野さんは変態ですよね」

桐野は一瞬息を呑《の》んだ。こいつは何を根拠にそんなことを言うのだろうか。俺の何を知っているのか。それとも単に、自分を挑発しているだけなのか。

「自分ではノーマルだと思っている。そもそもそんな行為は女性が嫌がるだろう。だから、やってみたいとは思わない」

浦井はちょっと考えたが、すぐにニヤリと微笑んだ。

「じゃあ、桐野さんの恋人が変態で、自分たちの行為を撮って欲しいと言われたらどうしますか」

浦井の顔が、桐野の目の前に迫っていた。なぜ浦井は、そこまでハメ撮りに拘《こだわ》るのか。桐野は目の前の男の考えが完全にわからなくなっていた。

「そんな仮定の質問には答えられない」

桐野は声を荒らげてそう言った。いつの間にか、わきの下にじっとりと嫌な汗をかいている。

「僕は小さい時、ライオンに食い殺される涙目のガゼルの映像を初めて見た時に大興奮したんです。まさに殺されようとしているその瞬間の、ガゼルのリアルな表情にぞくぞくしたんです。ガゼルも人も、美人もブスも、殺される時は同じような顔になるんです。もうあれを見てしまったら、世の中に出回っている映像なんか何の意味もありません。桐野さん、あなたにはそういう嗜好《しこう》はありませんか」

浦井は覗《のぞ》き込むような目でそう訊ねた。

「全くない」

そうは言ったものの、浦井の言わんとすることはわからなくもなかった。桐野も子供の頃、そんなアフリカの映像をよく目にした。それは子供にとってはかなり衝撃的だったが、しかし自然界の嘘偽りのない現実を映し出していたのも事実だった。しかしあくまでそれは自然界の話であって、人間界となれば話は別だ。

「本当ですか。あなたは意外と、僕と似ているような気がしますが」

桐野の心臓が高鳴った。浦井は口角を上げてニヤリと笑う。

「冗談はやめてくれ」

桐野は堪《たま》らず浦井を見つめる視線を切った。このままでは催眠術をかけられたように、浦井のペースに巻き込まれてしまう。いやひょっとすると、この目の前の男はそんな特殊な能力まで持っているのではないだろうか。

「桐野さんはまだ気づいていないだけですよ。僕とあなたは非常によく似てます」

浦井はにっこり微笑んだ。

「おい、浦井。宮本まゆ、池上聡子、小森玉枝、猪俣明日香、西野真奈美。お前はこの五人を殺害したのは認めるんだな」

桐野は浦井の言葉を無視して、声を荒らげる。

「そうですよ」

浦井は興味なさげにそう言った。桐野は浦井の顔の筋肉を凝視するが、全く本心が見抜けない。

「長谷川祥子もお前が殺したんじゃないのか」

浦井は目線を左に流し、両肘を机について顎《あご》を支える。さっきまでの挑発的な態度は瞬時に消え去り、まともに人の言うことを聞こうともしない。

「どうして長谷川祥子のデータは、あのパソコンに入っていないんだ」

浦井は口を噤《つぐ》んで何も言わない。急に上体を起こすと、今度は背中を背もたれに押し付けて、つまらなそうに天井を眺める。

「お前、どこかにもう一台、パソコンを隠し持っているだろう。そしてその中に長谷川祥子のデータが入っているんじゃないのか」

　堪らず後藤がそう叫ぶ。しかし浦井は黙って天井を見つめたままだった。

「それとも、そのパソコンを長谷川祥子のデータごと廃棄してしまったのか」

　今度は桐野がそう訊ねる。しかし浦井は聞こえていないかのように何も喋らない。

「どうしてお前は長谷川祥子のことになると黙るんだ。あれだけの殺人を犯しながら、何を隠そうとしているんだ」

　天井を見上げる浦井の顔に口を近づけて、唾がかかりそうな距離で後藤が言ったが、浦井は表情一つ変えなかった。

「おい、浦井。何とか言え！」

　後藤のその大声にも、浦井は何の反応も示さない。

　桐野は浦井を見ながら必死に考える。なぜ、この男は長谷川祥子に関しては何も話さないのか。

　何かを隠しているのだろうか。

　しかし、五人もの殺人を自供しておきながら、今さら秘密にしておかなければならないことなどあるだろうか。

「そんなことどうでもいいじゃないですか。早く死刑にしてくださいよ」

　浦井はもう飽き飽きと言わんばかりに、天井を見ながらそう言った。

本当は、浦井は何も知らないのではないだろうか。単に知らないことを隠しているだけではないのか。

「shred」

桐野がポツリとそうつぶやくと、浦井が桐野の顔を見た。

「……僕は、Linuxなんか使ってませんよ」

桐野は思わず唸ってしまった。

shredというコマンドを使えば、パソコン上から完全にファイルが削除できた。しかしそれはLinuxというOS（オペレーティングシステム）に限った話だった。Linuxはウィンドウズのような0Sの一種で、フリーソフトである上に改変や再配布が認められているので、腕に自信のあるプログラマーならマスターしておきたい技術だった。

「そんな面倒なことをしなくとも、ウィンドウズならば完全にデータを削除できるソフトだってあるじゃないですか」

浦井の言う通りだった。

「やはりお前は、それを使ったのか」

しかしそれならば、その痕跡があのパソコンに残っているはずだ。

「疑り深いですね。僕は、長谷川祥子なんて女のデータを、削除なんかしていませんよ」

　浦井は両手を広げてそう答える。

「ではなぜだ。なぜ、あのパソコンの中に長谷川祥子のデータだけがない」

「そんなの簡単じゃないですか」

　観念したかのように浦井は言った。

「簡単？」

「僕が、殺してないからですよ。そもそも僕は、長谷川祥子なんて女は、見たことも聞いたこともありませんよ」

第二章

A

「お前が長谷川祥子を殺していないというならば、一体、誰が彼女を殺したんだ」

県警本庁内の狭い取調室で、桐野は浦井と二人だけで対面していた。

「その質問に答える前に、桐野さんにいくつかお尋ねしたいことがあります」

長谷川祥子に関しては黙秘を続けていた浦井だったが、なぜか桐野にだったら真実を話してもいいと言いだした。しかし他の捜査官は立ち会わせないで、二人っきりで話をするのが条件だという。

「答えられることと、答えられないことがある。特に警察や捜査上の秘密などは答えられないことがほとんどだが、それでもいいか」

この取調室の壁はマジックミラーになっているので、壁の向こうには斉藤《さいとう》捜査本部長や捜査一課の後藤たちがいるはずだった。盗聴マイクも仕掛けられているので、今話している内容も聞こえているはずだ。

「そんなことはどうでもいいです。僕は桐野さん個人に関することをお訊きしたい」

浦井は微かに笑みを浮かべている。

「どうしてそんなことを訊きたいんだ」

「桐野さんは、僕と似ていると思ったからですよ」

自分を侮辱して怒らせる気なのか。

「ハッカーとクラッカーはやってることは真逆ですが、基本的には同じタイプの人間です。登山家が高い山を見れば登りたくなってしまうように、侵入してみたいネットワークがあれば、とにかく入ってみたいと思うのがハッカー、そしてクラッカーです。子供の頃はハッカーもクラッカーも同じだったじゃないですか」

桐野は思わず頷いてしまいそうになるのを堪《こら》える。

「パソコン好きで好奇心旺盛な子供が、悪戯《いたずら》半分でネットワークに侵入する。最初はみんな自分の腕に酔っているだけです。若気の至りって言うんですか。まあ、暴走族が壁に落書きをするのと大して変わらない」

桐野は無意識のうちに頷いていた。高校生の頃に企業や公共団体のネットワークに侵入し、その腕をパソコン仲間に自慢していたこともあった。おそらく浦井も同じようなことをやっていたのだろう。

「海外では、それを大人が見つけて軍や警察にスカウトして更生させることが多い。

だけど日本はそういうところが遅れているから、僕みたいな犯罪者ができてしまうんです」

その通りだと桐野は思った。自分と浦井。警察官と犯罪者。今は真逆の立場にいる二人だが、もともとは同じタイプの子供だったはずだ。もしも浦井と子供の頃に知り合っていたら、親友になっていたかもしれない。自分と似ていると言う浦井の言葉も、あながち嘘ではないと桐野は思った。

「僕は子供の頃から、心を許せる存在がいなかったから、今でも人とコミュニケーションを取るのが下手なんです」

桐野はその言葉には同意できなかった。

「そんなことはないだろう。初対面の俺にいきなり握手を求めてきたり、言葉巧みに被害者に近づくことができたんだ。むしろコミュニケーション能力は、高い方なんじゃないのか」

「あれは全部、ロールプレイングです」

浦井は暗い目をしてそう言った。

「ロールプレイング？」

「つまり役割を演じているだけなんです。何か目的があって、そしてそのためにその役割をするのならば、結構、器用に何でもできるんです。爽やかな好青年とか、真面目なエンジニアとか、そういう役割を演じるのは得意なんです。逆にそういう方法でしか、人とコミュニケーションを取ることができないんです」

「じゃあ、なんであんなに大勢の女性を殺したんだ。まさか連続殺人鬼というのも、お前のロールプレイングの一役にすぎなかったなんてことはないだろうな」

「さすが桐野さん。よく僕の考えがわかりましたね」

浦井が微かに笑みを浮かべたので、桐野の背筋が凍りつく。

「信じられない。お前の本心は何なんだ。人間なんだから、当然自分の感情はあるだろう」

「僕は自分の感情を、上手く表現することができないんです。いやむしろ、……多分、自分には感情がないんだと思います」

「まさか」

桐野は口ではそう言ったが、全くの嘘でもないような気がした。サイコパスは周りから無表情、無感情と指摘されることが多い。

「僕には心がないんです。だからあんなに好きだった女たちも、片っ端から殺してしまうことができたんです」

桐野は浦井をじっと見た。この話、どこまで信用していいものだろうか。一見、本心を語っているように見える。しかし全くの口から出まかせのような気もする。

「でも黒髪の女性たちが好きだったという感情はあったわけだ。だったら感情がないというわけではないだろう」

「確かに僕は彼女たちが好きでした。その感情は本物です。しかし彼女たちは、必ずしも僕のことを好きになってくれるわけではありませんでしたから、最後には嫌いになるしかないじゃないですか」

「だから殺したのか」

浦井はゆっくり頷いた。

サイコパスは、一見非常に感じが良く常識的だったりもする。しかし彼らは非難されたり自分の希望通りに物事が進まなくなると、途端にその内なる凶暴性を爆発させると言われる。テレビのインタビューでサイコパスの近隣の住人が、『挨拶もよくできて愛想もいい好青年だったのに』と答えるのは、つまりそういうことなのだろう。

「僕はリアルな人間関係が理解できていないのかもしれません。桐野さん。好きと嫌いの間って、どういう感情なんですか」

浦井は真剣な表情でそう訊ねる。

「そりゃあ、まあ、……普通なんじゃないのか」

「普通？　普通って何ですか。好きなんですか、嫌いなんですか」

真剣にそう質問する浦井を見ながら、世の中には、「適当に」「ほどほどに」「なんとなく」などの言葉の意味を理解できない人たちも存在していることを、桐野は思い出していた。

「僕はダークウェブ上の人間関係が一番理解しやすいんです。彼らとの会話は無駄がありませんから」

「しかしダークウェブの中にも悪人はいるだろう。むしろリアルな人間関係がない分、極端な発想になりやすいんじゃないのか」

「それはそれでわかりやすいじゃないですか。そういう連中は僕の敵です。もしも不用意に接触してくるようならば、徹底的に痛めつけてやればいいだけのことですから」

この極端な発想そのものが浦井光治なのだと思った。確かにこの性格で、リアルな人間関係を築くのは、なかなか難しいかもしれない。

「僕はもう五人も殺していますから、死刑になるのは間違いない。だけど死ぬまでに、ちょっと話し相手が欲しかったんですよ。それには同じ穴の狢《むじな》の桐野さんが一番いいなと思って」

「それで俺を指名したのか」

「すいませんね。お忙しいのに」

浦井はニコリと笑って見せた。

「桐野さんって、お父さんいませんよね」

内心ギクリとする。

「誰に聞いたんだ。後藤刑事か」

桐野はマジックミラーの向こう側に聞こえるようにそう言った。

「いや、僕も小さい頃から父親がいなかったので、何となくわかるんですよ。僕には父親の記憶は一切ありません」

浦井は軽く目を伏せる。

ちなみに桐野の父親が死んだのは、小学四年生の時だった。だから記憶がないということはないが、それでも多感な頃に父親がいなかったのは寂しかった。

「もしも父親が生きていたら、僕もこんな風にはならなかったかもしれません」

「それはどうかな。俺だって父親はいなかった。父親がいないことだけが原因で、お前がこうなってしまったのならば、日本は犯罪者だらけになってしまう」

思わず語尾に力が入る。

「そんなことは言ってません。父親が生きていれば、母親にどんな仕打ちを受けても耐えられたと思っただけです。桐野さんのお母さんは、どんな人ですか」

「俺の母親は……、まあ、ごく普通の母親だよ。ちょっと厳しすぎるところもあるけど」

気がつくと緊張で体がガチガチに硬くなっていた。桐野は軽く深呼吸をして、意識的に全身の力を抜く。

「へえ、どんなところが厳しいんですか」

「いいじゃないかそんなことは」

「教えてくださいよ」

桐野はふと、この目の前の連続殺人鬼がどうして出来上がったのかに興味が湧いた。そしてそれは、親、しかも母親の影響が強いのではと直感した。

「時間厳守。早寝早起き。嘘はつくな。報告、連絡、相談とか、そんな感じかな」

「ははは、面白いお母さんですね」

浦井が口を大きく開けて笑う。その笑顔は今までの冷たい微笑とは全く違った印象を桐野に与えた。

「一時期、父親がいないことでいじめられたこともあったが、そんな時も、男なら絶対に負けるな。男はすべて結果責任だって怒られた」

「へー、それは確かに厳しいお母さんですね」

浦井がさらに笑いながらそう言った。

「浦井。お前の母親は、どんな人だったんだ」

何気なく訊いた桐野のその一言で、浦井の顔に翳《かげ》が差した。

「ネグレクトです。しかも相当に酷いネグレクトですよ。最後はうつ病で首を括《くく》りました」

暗い目をして浦井は言った。

そんなことだろうとは予想していた。生まれついての連続殺人鬼はいない。成長する過程で、大人の誰かが連続殺人鬼を作ってしまうのだと桐野は思っていた。改めて目の前の連続殺人犯を見ると、急に弱々しい印象がした。

「あの母親の下で育ったら、桐野さんだって人の一人や二人、殺していたかもしれませんよ」

急に気分が悪くなった。浦井の言葉に影響されすぎている。話せば話すほど浦井に同調していくようで怖かった。本音で言えば、今すぐこの部屋から逃げ出したい気分だった。

「桐野さんには、恋人がいますよね」

浦井が急に話題を変えてきた。

「うん。……まあ、一応な」

桐野はマジックミラーの壁を意識する。

「どんなタイプですか」

「まあ、いいじゃないか、そんなことは」

「そんなこと言わないで、教えてくださいよ」

嬉しそうに訊ねる浦井を見ていると、ごく普通の二〇代の男と話しているような気がする。しかも浦井のネグレクトのことを知ってしまうと、目の前の男の問いかけをとことん拒絶する気分にもなれなかった。

「まあ、ごく普通のタイプだよ」

「僕には普通が理解できないんですよ。色々あるでしょう。綺麗《きれい》だとか、可愛いだとか。性格がどうだとか、タレントに例えると誰に似ているとか」

浦井は口を尖《とが》らせる。

「俺の恋人のことはどうでもいいだろう。それよりも、そろそろ長谷川祥子のことを教えてもらおうか」

「じゃあ、交換条件です。桐野さんの恋人のタイプを教えてくれたら、長谷川祥子のことをお話しします」

浦井の眼差しは真剣そのものだった。

「どうしてそんなに俺の恋人のことが知りたいんだ」

「僕と桐野さんが似ているからです。桐野さんが好きになった女性だったら、僕も本当に愛せるんじゃないかと思ったからです」

気味の悪いことを言うなと思った。しかし浦井のその発言自体は、嘘ではないような気もした。この男はこの男なりに、子供の頃に失くしてしまった人間らしい感情を、取り戻したいと思っているのではないだろうか。そしてそこにも、この連続殺人鬼を理解するヒントがあるような気がした。

「髪は黒じゃないぞ」

「そうなんですか。それじゃあやっぱり、好きになれないかもしれません」

残念そうに首を左右に振る浦井を見て、思わず頬が緩んでしまう。

「おい、浦井。俺の恋人のことを話したら、本当に長谷川祥子のことを教えてくれるんだな」

「はい、お約束します」

この連続殺人犯に美乃里のことを知られるのは不気味だったが、代わりに得られる情報を考えれば拒んでばかりもいられない。

「年はいくつなんですか」

浦井は間髪入れずにそう訊ねてきた。

「……二四歳かな」

「どっちから告白したんですか」

「向こうだったかな」

「一緒に住んでいるんですか」

桐野は無言で首を横に振る。

「彼女はどこに住んでるんですか」

その質問にはさすがに警戒した。目の前の連続殺人鬼が、ここを脱獄して美乃里を襲ったりしないだろうか。一瞬、真剣にその可能性を考えた。さらにマジックミラーの向こう側の目と耳も気になった。桐野は美乃里と交際していることは、まだ上官に申告していなかった。

「その辺は個人情報なのでノーコメントだ。さあ、そろそろ長谷川祥子のことを教えてくれ」

「ダメです。じゃあせめて、彼女のタイプだけでも教えてください」

「タイプ?」

「ええ。それを教えてもらえたら、桐野さんの質問にお答えします」

浦井は真剣な目をしてそう言った。

「まあ、美人というよりも可愛い系かな」

「優等生タイプってことですか」

桐野は、なんとなくこの目の前の男がわかってきたような気がした。

「ちょっと違うな。もう少しおバカ系というか」

「おバカ系?」

この目の前の男は、リアルな人間関係でのコミュニケーションにコンプレックスを持っている。しかしそれと同時に、この男はリアルな人間関係のコミュニケーションを渇望しているのだ。

「いや、本当のバカではないんだけど、天然で可愛いというか。素直というか。頑張り屋さんとでもいうか」

「へー、きっといい子なんでしょうね」

浦井は嬉しそうに微笑んだ。それはとても五人の女性を殺めた人物の笑顔には見えなかった。

「じゃあ、そろそろ長谷川祥子のことを教えてもらおうか」

浦井の顔から笑みが消えた。

桐野は注意深くその顔の表情筋を観察する。

「長谷川祥子を殺したのは、Mだと思います」

初めて聞く人物だった。

「M？ 誰だ。それは」

「僕のダークウェブ上のメンターとも言える存在です。マルウェアを闇マーケットで入手する方法も、それを使ってネットバンキングで金を引き出す方法も、すべてはMから教わりました。ちなみにMとは、彼のウェブ上のハンドルネームです。ダークウェブの住人たちの中では、そこそこ知られた存在です」

桐野はこの業界は長い方だが、Ｔｏｒなどのダークウェブを忌み嫌っていたので、そんなクラッカーの黒幕みたいな存在がいたことは知らなかった。

「そいつは、今、どうしているんだ」

浦井は少し頭を傾げる。

「わかりません。ここ数年はダークウェブ上にも現れていませんから、死んでしまったのかもしれませんね」

「お前はネット上で、Ｍとかなり頻繁に接触していたのか」

浦井は首を縦に振る。それならばあのパソコンのハードディスクの中に、Ｍのメールも残っていそうなものだが、そんなメールを目にした記憶はなかった。

「あのパソコンは三年ぐらい前に買ったものなので、Ｍとやり取りしていた頃のパソコンは、もう既に廃棄してしまいました」

そのパソコンがあれば何かの手掛かりになったのにと、桐野は内心舌打ちをした。

「しかしそれがあったとしてもどうでしょうかね。警察がＭを捕まえることができるかどうか」

「ダークウェブの匿名通信か」

仮想通貨流出事件で、俄然、話題となった匿名通信だが、国家レベルのスパイやテロリスト、そして凄腕のクラッカーたちの間では、それを使うのはもはや常識になっていた。そしてそこで行われていることは、日本の警察は指を咥《くわ》えて見ていることしかできなかった。

「何しろMは、僕なんか比較にならないほどの優秀なクラッカー、ブラックハッカーでしたからね」

　桐野は底知れぬ恐怖と不安を感じた。目の前の浦井ですら相当な凄腕クラッカーなのに、それを遥《はる》かに上回るクラッカーが、浦井の背後にいたということか。

「いつぐらいまで、Mはダークウェブ上に出没していたんだ」

「三年ほど前までですかね。それまではかなり活発に活動していて、ダークウェブのカリスマ的存在でした。Mを頂点とするアノニマス的なクラッカー集団が実在していたという噂もありました。とにかくMはやることなすこと全てが鮮やかで、四年前の一〇〇億円相当の仮想通貨流出事件にも、Mが絡んでいたという噂もあります」

　最近注目を集めている仮想通貨の流出事件だが、過去にも同じような事件があった。浦井が言っているのは二〇一四年に日本で起きた大きな仮想通貨流出事件で、桐野は若い外国人の社長が記者の前で頭を下げていた姿を思い出す。

「あの事件は、社長の不正操作だったはずだが」

「報道ではそう伝えられていますが、真実のほどはわかりません」

　浦井は首を左右に振ってそう言った。

「そのMが、長谷川祥子を殺したというのか」

「そうだと思います。だってあの山に五〇センチ以上の穴を掘って死体を埋める方法を、教えてくれたのが他ならぬMですから。その時に使うべき道具、掘るべき場所、運搬手段、それらの指示の一つひとつが的確でした。だから僕があの山で宮本まゆを埋めた時には、既にあの山にはその長谷川という女が埋まっていたんだと思います」

桐野は思わず息を吞む。

「しかも埋めたのは、その女だけではないかもしれませんよ」

C

「美乃里、バンダンのチケット取れそうかな」

「いや全然ダメ。優香の方はどう?」

美乃里は親友の優香と、JR川崎《かわさき》駅に隣接する大型商業施設・ラゾーナ川崎内のコーヒーチェーンでお茶をしていた。

美乃里と優香は中等科からの内部進学者で、韓流が好きという共通の趣味を持った二人は、初めて会った中等科の入学式当日にすぐに友達になった。大学を卒業して優香は大手保険会社に就職し、川崎の支店に勤めていた。また美乃里のセキュリティ会社は横浜の関内《かんない》だったが、一人暮らし用に借りたマンションが鶴見だったので、今でも週に一、二回はこの川崎駅周辺で会っていた。

「ツイッターもチェックしたけど、圧倒的に買いたい人の方が多いから厳しいよね。フリマアプリを見てみようか」

二人は競うようにスマホをタップする。

「うわっ、たか。一枚二五〇〇〇円だって」

「うーん、二五〇〇〇円か。迷うなあ、どうしようか。でも背に腹は代えられないからな」

さすがに手が出ないと思ったが、意外にも優香が買おうとしたので驚いた。

「美乃里も買わない？　二枚セットなら安くしますって書いてあるし」

優香の強気の発言に正直驚く。いくら好きなアーティストとはいえ、一枚二五〇〇〇円は高すぎる。

「いやいや、これは高すぎるでしょう。優香、そもそもこの手のフリマアプリって、詐欺とか大丈夫なの。二五〇〇〇円も払ってチケットが来なかったら、ショックで立ち直れないよ」

「ここは商品が届いて買った人が承認するシステムだから、チケットが来ないのにお金だけ取られるということはないと思うよ」

支払ったお金は運営会社にキープされ、商品に問題がないと承認されると、売り主に渡るシステムになっていると優香が説明する。

「美乃里は使ったことないの」

美乃里はテレビCMなどでこのフリマアプリのことを知ってはいたが、まだ利用したことはなかった。

「古着とかブランド品とか、要らないものを売るにはいいアプリだよ。値段の付け方や、キャッチコピーで売れたり売れなかったりするから、フリーマーケットが好きな人には面白いかも」

「でもさー、チケットが届いたとしても、それが偽物だったらどうするの」

「その時はしょうがないけど、このフリマアプリは買った方も売った方も相手から評価されるシステムだから、長い目で見れば詐欺とか不良品を売りつけたりするユーザーとかは、最終的には淘汰《とうた》されちゃうの。この出品している人の評価も悪くないから、このチケットが偽物の可能性はまずないいんじゃないかな」

優香のスマホを覗き見ると、その出品者が☆五つで評価されていた。

チケットや古着以外にも、このフリマアプリでは実に色々なものが売られていた。中にはトイレットペーパーの芯なども売られていた。

「トイレットペーパーの芯は、学校の工作の宿題に必要なんだって」

「そう言えば現金そのものを売っていたって本当なの？」

美乃里が一番驚いたのはそれだった。かつて現金五〇〇〇〇円が五八〇〇〇〇円で売られていたことがあったらしい。このアプリはクレジットカード決済が可能なため、多重債務者や闇のマーケットで入手したクレジットカードを悪用した詐欺だったのではないかと噂されていた。クレジットカードは現金でキャッシングするよりも、フリマアプリなどで決済する商品などを購入する方がその限度額が高いから、それに利用されたのではと優香は説明してくれた。

「他にもマネーロンダリング目的とか、どうしても犯罪の可能性がするから、さすがに今では現金を売買するのは禁止になったけどね」

美乃里はキャラメルマキアートを一口飲んだ。エスプレッソコーヒーの苦みと、バニラシロップの甘さが口の中で混ざり合う。

「ところで美乃里、サイバー刑事のカレシとはうまくいってるの」

優香を入れて桐野と三人で一度だけ食事をしたが、それ以来優香は、桐野のことをそう呼んでいた。

「最近忙しすぎて、あんまり会ってくれないのよ。この間なんか誕生日のデートまでドタキャンされちゃったし」

「え、マジで？」

美乃里は首を縦に振りながら力なく笑う。

「仕事が忙しいのは事実だけど、なんか、そもそもあんまり女の子に興味がないというか、人間関係に関して淡白なタイプなのよね」

「へー、まあ、確かにクールなタイプには見えたけど」

「なんか今まで付き合ってきた男の子たちとは、根本的に何か違うのよね」

「ひょっとしてゲイ？」

「まさか」

日々の性生活を思うと桐野がゲイということはないと思うが、エンジニアなどという人種は、リアルな女の子よりもパソコンで遊んでいる方が好きなのかもしれない。

かつては恋人の自分との約束を忘れて、社長の森岡と何時間もプログラミングに熱中していたこともあった。

さらに追い打ちをかけるここ最近の桐野の忙しさだ。

「その内、捨てられちゃうのかもしれないな」

美乃里はポソリと呟いた。

A

「昨日、丹沢の現場で、新たに二つの死体が見つかった。死体は半白骨化してしまっているが、今回見つかった死体は二つとも男性の可能性が高い」

会議室には五〇人近い男たちがいたが、斉藤捜査本部長の説明にどよめきの声が上がった。桐野が浦井から仄《ほの》めかされた証言をもとに、改めて丹沢の現場を二〇匹の警察犬とともに広範囲に捜索したところ、本当に新たな死体が発見されてしまった。

「一人は身長一六〇～一七〇センチ。推定年齢は二〇～四〇歳。長谷川祥子が埋められていた場所の二〇〇〇メートルほど東側に埋められていた。さらにそこから五〇〇メートル東側にも男が一人埋められていて、その身長は一八〇～一九〇センチほどで、推定年齢は同じく二〇～四〇歳だった。二人とも歯の治療痕があるので、捜索願が出ている行方不明者と照合をしているところだ。死亡時期は二体とも三～四年前と推定され、鑑識が言うには二人は比較的近い時期に殺された可能性が高いそうだ」

「ともに全裸で、遺留品はなしですか」

すかさず後藤が質問する。

「遺留品はない。しかし同じ丹沢山中で浦井が埋めた五人の女性たちは全裸だったが、新たに発見されたこの男性二体は、下着は付けたままだった」

男だから全裸にしなかったのだろうか。それとも他に何か目的があったのか。

「これが浦井の犯行である可能性はありますか」

「それは何とも言えないが、浦井本人は否定している」

斉藤がそう言いながら自分を見たので、桐野は首を大きく縦に振った。

「浦井が殺した女性のように、下腹部に滅多刺しの跡はあったんですか」

そう訊いたのは毒島だった。

「下着の腹部に血液の跡はなかったが、胸部には血痕が認められた。死因は心臓をナイフのような鋭利な刃物で刺されたものと考えられる」

「浦井の手口とは別ということですか」

毒島が唸るようにそう言った。

「まあ、そう考えた方がいいだろう。浦井は今までに五人の女性の殺害を認めているが、今回の二人の男のガイシャと長谷川祥子に関しては、従来の先入観を捨てて捜査に当たって欲しい」

会議室が軽くざわめいた。一件落着だと思っていた山が、また新たに大きく動き出した。

「それから、本庁サイバー犯罪対策課の桐野捜査官に、新たにこの捜査本部に加わってもらうことになった。桐野捜査官、前に」

桐野は立ち上がって前に出る。桐野はまたしても牧田警務部長の特命で、生活安全部サイバー犯罪対策課所属のままこの捜査本部に編入させられてしまった。

「サイバー犯罪対策課の桐野良一です。よろしくお願いします」

頭を下げる桐野に、刑事たちの好奇な視線が集中する。桐野がなぜか浦井の信頼を得て、いくつかの独自情報を訊き出したことを、ここにいる男たちは当然知っていた。

「桐野捜査官。先日、取調べで浦井が自供したことを報告してくれ」

斉藤にそう言われて、桐野はポケットから黒い手帳を取り出した。

「浦井は長谷川祥子に関しては改めて自分の犯行を否定し、別の人物の犯行であることを仄めかしました。その人物はMというハンドルネームを持つカリスマクラッカーです。浦井は三年前にそのMとダークウェブの掲示板で知り合い、サイバーとリアルの両方の犯罪の手口を教わったそうです」

さらに桐野は先日訊き出したMの情報を掻い摘《つま》んで説明する。

「浦井のその証言は信用できるのか」

毒島にそう訊かれて、桐野は答えに窮してしまう。桐野自身、どこまで浦井を信用していいのか考えあぐねていた。

「わかりません。しかしMという人物が実在していたのならば、その人物が新たな被害者の重要な鍵を握っているのは、間違いないと思われます」

会議室中の刑事たちの視線が一斉に自分に突き刺さる。どの目も半信半疑、何か言いたげな表情だったが、誰も言葉は発しない。

「本部としても、長谷川祥子とこの新たな二つの死体に関しては、Mというハンドルネームを持つ男が関与した可能性があると考えている。諸君もその前提で捜査を行って欲しい。以上」

斉藤本部長のその一言で、会議室にいた刑事たちは一斉に立ち上がり、三々五々に散っていった。

C

『チケット値下げしてくれたから買うよ。いいよね？』

ラゾーナ川崎内のコーヒーチェーン店で、桐野を待ちながらお茶をしていると、美乃里のスマホに優香からＬＩＮＥが着信した。

『いいよ、よろしく』

メッセージを送った後に、そのフリマアプリをチェックしてみる。するとお目当てのチケットのところに『購入前提ならば値下げします』という新しいコメントが追加されていた。そのコメントの上の『一枚二〇〇〇〇円　計四〇〇〇〇円になりませんか』というコメントが優香のものなのだろう。

美乃里が腕時計を見ると、約束の午後七時を一〇分ほど過ぎている。桐野はますます仕事が忙しいらしく、最近はデートをドタキャンされる日々が続いていた。遂に自分のことを好きでなくなったのではないか。ついつい美乃里はよくないことを考えてしまう。

その時、スマホが鳴り出してディスプレイに桐野の名前が表示される。

『もしもし、美乃里。ごめん、今日も会えそうもない』

「そう、なんだ」

美乃里は泣きたい気分になる。

『しかも暫く会えそうにない』

さらに耳にしたその言葉で、いよいよ別れの時が来たのかと絶句する。こんなことが何回か続いて、二人の関係はフェードアウトしてしまうのではないだろうか。

『ある殺人事件の捜査本部に編入させられたんだ。だから、暫くは休みが取れそうもなさそうだ』

一瞬、美乃里には電話の意味がわからなかった。

「えっ、え、だって、良ちゃん、生活安全部でしょ。どうして殺人事件の捜査本部に入れられなくちゃいけないの」

別れ話を切り出されたのではないとわかり、美乃里は胸を撫《な》で下ろしたが、意外な展開に頭がついていかない。

『犯人が凄腕のクラッカーだったから、上の命令でそうなっちゃったんだよ。なかなか普通の刑事じゃ、ハッキングのこととかはわからないからね』

そういうことだったのか。

それならばそれでしょうがない。しかし捜査本部に編入されたということは、今後ますます桐野と会えなくなるだろうが、浮気や他の女の子に誘惑されることもないだろうから、悪いことばかりではないかもしれない。

「でも殺人事件だなんて、危なくないの」

『まあ、直接犯人を捕まえる役目じゃないから大丈夫だとは思うけど。もっともこんな俺でも警察官だから、ある程度の危険は覚悟してるけどね』

別に体を鍛えているわけでもないし、屋内でパソコンばかりいじっているのは変わらないので、美乃里は桐野が警察官になったという実感が持てなかった。

『ところで美乃里。ちょっとお願いがあるんだけど』

珍しいと思った。いつも何かをお願いするのは美乃里ばかりで、桐野からそんなことを言われるのは初めてだった。

『実はさ、うちの母親が入院しちゃったらしいんだ』

「え、入院。お母さんが」

桐野の母親とは何回か会ってはいたが、病気とは無縁な存在だと思っていた。

『結構、ああ見えて色々あるんだよ。まあ今回は、検査入院だから大丈夫だとは言っているけど、一週間ぐらいは入院しなくちゃいけないらしいんだよね』

「何の病気なの」

『それがはっきり教えてくれないんだよ。忙しいなら見舞いにも来なくていいって言われちゃって。うちの母親ってああ見えて頑固だから』

美乃里の直感では、桐野の母親は決して悪い人ではないと思うが、結構、本音をズバズバと言うタイプなので、美乃里は会うたびに緊張を強いられていた。

「そうなんだ。でもそれは心配だよね」

『本当は俺が行って、何かと世話をしてあげなきゃいけないんだけど、捜査本部に入れられちゃったから、本当に病院に様子を見に行けそうもないんだ』

実の親の見舞いにも行けないほど忙しいらしい。ますます自分とも会えなくなるのかと思うと、思わずため息が出そうになる。

『それでね、美乃里にお見舞いがてら、ちょっと様子を見てきて欲しいんだ』

「え、私が、一人で？」

『ダメかな』

荷が重いと思わなくもなかった。しかしカレシにそこまで頼まれて、それを断れば女が廃《すた》る。何しろ大好きな桐野のお願いだ。そもそも桐野は忙しくてデートをする時間がないので、そのぶん美乃里には時間だけはたっぷりとあった。

「わかった。お母さんが入院している病院を教えて」

A

「あれ、桐野じゃないか。久しぶりだな」

県警本庁舎の廊下で声を掛けられ、桐野は思わず振り返った。

「森岡さんじゃないですか。珍しいですね、こんなところで」

人懐っこい笑顔をしながら森岡が手を差し出してきたので、その手をしっかりと握った。この男と握手をするのは、半年以上前に森岡の会社を退職した日以来のことだった。

「新しいランサムウェアの対策ソフトができたんで、生活安全部の桜井《さくらい》部長に持ってきたんだよ」

ランサムウェアのランサムは身代金という意味で、パソコンやスマホを使えなくして、それを解除する代わりに、文字通り身代金を要求する。

「二〇一七年はランサムウェアの年でしたからね。日本はそれほどじゃなかったですが、海外は相当やられましたからね。生活安全部でも、ランサムウェアは今そこにある脅威ですよ」

「イギリスの国民保険サービスは、ワナクライで相当やられたからな」

ワナクライは英語表記でWannaCry。「泣き叫ぶ」という意味で、これに引っかかったら、泣いて諦めるしかないという意味で命名されたという。このランサムウェアはアメリカの安全保障局（ＮＳＡ）から漏洩《ろうえい》したコードを利用したもので、北朝鮮が仕掛けたとも言われていた。

「ランサムウェアもコロコロと変わりますから、それらを対策するソフトを作るのも大変ですよね」

「そうなんだよ。その後、ロシアとウクライナを襲ったバッドラビットは、かなり高度な暗号化モジュールを使っているから、ワナクライのアンチウィルスソフトでは役に立たなかったんだ」

「もうそうなると、本当に鼬《いたち》ごっこですね」

ランサムウェアは、セキュリティの脅威に終わりがないことを知らしめた。新しいアンチウィルスソフトが登場すれば、それを突破するウィルスが開発される。そしてその新しいウィルスが流行すれば、またそれを防ぐさらに新しいアンチウィルスソフトが開発される。

「同じ開発をする立場ならば、ウィルスを作る方が楽でいいですよね」

ハッキングやクラッキングは、攻撃する方が圧倒的に有利だった。さらにランサムウェアはアンチウィルスソフト程度の少額な身代金で、パソコンやスマホを解除してくれるので、金銭的なことだけを考えればさっさと身代金を払ってしまった方が得なこともあった。

「だけどこのソフトは、バッドラビットやワナクライなど今までのランサムウェアの亜種ならば、まとめて復元できるんだ。ちょっとだけAIを使っているからね。そこが今までのものとは全然違うんだ。何とか警察でも採用してくれないかな」

森岡が拝むように両手を合わせてそう言った。

「わかりました。桜井部長に言っておきますよ。でも期の途中ですから、予算がまだ残っているかどうか……」

「お役所はそれがあるからな。しかし何とかならないかな。うちの会社も、お前が抜けてからはきつくてな」

「どうもすみません」

桐野は神妙に頭を下げる。必死の形相の森岡から、退社を思いとどまるように説得されたのを思い出す。あの時は森岡に、年収を三倍にするから留まってくれとまで言われていた。

「県警のホームページでも、このソフトのことを推奨しておきますよ。そういう新しいタイプのランサムウェア対策ソフトもあるって」

県警のホームページでこのランサムウェアのお知らせをすれば、森岡の会社も少しは潤うことだろう。桐野ができるせめてもの罪滅ぼしだと思った。

「ありがたい。是非、そうしてくれ。ところで桐野、美乃里ちゃんとは上手くいっているのか」

森岡の秘書的存在でもある美乃里との交際は、当然、森岡も知るところだった。

「それが最近、忙しくてなかなか会えないんですよ」

「やっぱり、桐野は民間の方がいいんじゃないのか。公務員、ましてや警察は向かないだろう」

「まあ、社長の下でやっていた時とは、確かに雲泥の差がありますけどね」

「どうだ。うちの会社に戻ってこないか」

森岡は桐野の肩を抱いて、周囲に聞こえないように耳元で言った。

「お言葉はありがたいですが、今はまだここでやりたいことがありますから、もう少し頑張ってみますよ」

年収は大きく下がったが、警察には民間では得られない刺激がある。セキュリティソフトをいくら売ったところで、社会に貢献している実感はなかった。それよりも浦井やMと対峙《たいじ》している方が面白いのは事実だった。それに警察には民間では知り得ない情報もたくさんある。

「ところで森岡さん。Mって知っていますか」

「ああ、三、四年ぐらい前に話題になった伝説のクラッカーだろ」

こともなげにそう言った。身近にいる人物からMのことを聞いたのは、森岡が初めてだった。

「俺はセキュリティが専門だからな。時々、匿名通信を使って、ダークウェブの際どい掲示板に書き込んだりもしていたから。当時はM本人の書き込みを目にしたこともあったな」

「本当ですか。詳しいことを教えてください」

森岡がMの書き込みを目にしたのは、今から三年ほど前だったらしい。彼らが作っていたマルウェアの中身を調べて、それを自社のセキュリティソフトに応用しようと思ったらしい。

「その年に流行るインフルエンザのタイプがわかれば、増産すべきワクチンのタイプがわかるのと同じだよ。おっと、こんな話をここですると逮捕されかねないな」

森岡はすれ違う制服姿の警官を見て、笑いながらそう言った。

B

『丹沢山中で、今度は新たに男性の二遺体を発見』

『丹沢のシリアルキラーとは、別人物の可能性も』

ネットニュースにそんな文言が並んでいた。

それらの記事を斜め読みしながら、男は欠伸《あくび》を噛《か》み殺した。最近多忙で睡眠が足りていない。松田美乃里とその恋人の良ちゃんのことも気になるが、今はとにかくこの喫緊の問題に対処しなければならなかった。

『犯人を追い詰めるＪＫ16。ネット上で血みどろの戦い、勝つのはどちらだ』

『謎のホワイトハッカー、既に犯人を特定か』

男はこのＪＫ16の素性を知りたかった。

ネット上をくまなく調べても、その正体はわからない。

表も裏も全ての情報筋に当たったが、ＪＫ16を知る人物はいなかった。そして男は考えた。もしも自分がJK16だったら、どういう行動を取るだろうか。

『警視庁一〇〇人態勢で捜査。民間にも要請して分散した流出仮想通貨を追跡中』

警視庁は威信をかけてこの仮想通貨を追っていた。二〇一八年春、警視庁はそれまで部署ごとに分散させていたサイバー関係の捜査官を、文京区の新庁舎に集めて連携を強化した。通称サイバービルと呼ばれるこの建物は、二〇二〇年東京オリンピック・パラリンピックのサイバー犯罪を阻止する本丸となる。その矢先に起こったこの五八〇億円の仮想通貨流出事件を、警視庁はそのサイバービルから総力を挙げて追っていた。

『ビットマネー社。顧客の現金引き出しを中止』

『全額保証は不可能か。ビットマネー社経営破たんの恐れも』

仮想通貨流出で問題となっているビットマネー社は、テレビで大量にCMを流し、昨今の仮想通貨ブームで一気に成長し、直近の取引額は月に四兆円を超えていた。二〇代の創業者社長と三〇代の副社長の二人三脚で会社を運営し、現在社員数は八一人。資本金は一億円だった。

『御社の取引で少なからぬ損害を受けました。今後の保障についてお訊ねしたい。添付のファイルを見て五日以内にご返答ください。返答のない場合は、法的な手続きも検討させていただきます』

男はビットマネー社のホームページに、そう書かれたメールを送付する。

ハッキングやクラッキングはIT技術の弱点を突くことも多いが、人間本来の不注意や恐怖を突く方が実はずっと簡単だった。今、この会社のクレーム処理係は気が狂わんばかりの忙しさの中、戦々恐々としながら顧客からの大量のクレームに対応をしているはずだ。

インターネットに繋がっているコンピューターに潜入する方法は色々あるが、一般的には、ウィルス付きの添付ファイルかHTMLスクリプト、または偽のOSやプログラムの更新ファイルなどを開かせることが定番だった。

男が送ったメールを担当者がクリックしてしまうと、瞬く間にビットマネー社のネットワークにバックドアが作られる仕組みになっていた。そのメールを送り終えると、男はビットマネー社のホームページを閲覧する。会社概要に飛び、そこで二人の経営者の紹介ページを熟読する。

社長の名前は丹羽秀一《にわしゅういち》。

小学生の頃からパソコンをいじりはじめ、中学ではパソコンに嵌《は》まりすぎて不登校になりかけた。しかしドロップアウトすることはなく、超一流の理系の単科大学に入学するも、大学を三年でやめて二一歳の時に起業した。極めて優秀なエンジニアだったので、その後手掛けたサービスのシステムやアプリが高評価を得て、またハッカソンなどの大会で輝かしい受賞歴も持っていた。根っからの技術系らしく、今のこの会社の取引所のシステムの開発も、社長自身がやってしまうほどの天才だった。

ナンバー2である取締役副社長は久保田稔《くぼたみのる》。システムなどの開発には関わらないが仮想通貨や新しいビジネスに鼻が利く企業家タイプの人物らしい。大学卒業後、商社や新興のIT系の会社に勤めていたが、四年前にビットマネー社に入社した。副社長ではあるが、ビットマネー社の株式は所有していないようだった。

次に男はこの二人の名前を検索サイトでさらに調べる。

嘘か本当かはわからないが、既に2ちゃんねるなどで二人の個人情報が晒《さら》されていた。SNSの使用状況を調べてみると、二人ともツイッターとフェイスブックをやっていた。しかし事件後相当荒らされたらしく、今は完全に放置状態だった。そこには間違いなく誹謗《ひぼう》中傷のコメントが大量に寄せられているだろうし、また今は事件の収拾に忙しくて自分のSNSを見ている暇もないのかもしれない。

男は二人のSNSの過去の履歴をくまなく調べる。

二人ともまだ独身のようだった。社長には恋人がいるような書き込みがあったが、相手の素性はどこにも書かれていなかった。副社長は夜遊びが好きなようで、六本木のキャバクラに出没しているらしい。他にも経営者二人の家族構成、出身中学、高校、大学、その友人関係、会社内の人間関係がわかるような書き込みがないか、男は時間をかけて入念に調べはじめた。

C

桐野の母親が入院している総合病院は、横浜の新山下《しんやました》にあった。

美乃里は約束の時間の二〇分前にはロビーに到着していた。時間厳守。桐野の母親が時間に厳しいのは十分知っていたので、その辺に抜かりはなかった。

地味目で清潔感のある服装。メイクはナチュラル系。

昨日、優香とみっちり対策を練った。淡いピンクのワンピースか、白いシャツとひざ丈フレアスカートかで迷ったが、より地味目のフレアスカートのコーデにした。メイクもネイルもシンプルにしたから、外見はほぼ問題ない。手土産は老舗の和菓子なども考えたが、お見舞いだからフルーツが妥当だろうということになった。

『そんなことよりも大事なのは会話よ。父親を褒めるという鉄板のテクニックがあるんだけど、桐野さんのところは母子家庭だからその手が使えないわね』

カレシの母親を直接褒めると思わぬ地雷を踏む危険もあるし、どうしても媚びた感じになってしまう。そこでカレシの父親を褒めることによって、その父親を結婚相手に選んだ母親を間接的に褒めるのが効果的なのだと優香は説明した。

『場合によっては息子を恋人のように思っている母親もいるから、息子のカノジョって、恋のライバルだったりもするのよね。さらに桐野さんの場合、母子家庭だから、正直、何が正解なのかわからないな』

美乃里は優香のセリフを思い出し、大きく肩で深呼吸をする。

「あら、美乃里さんじゃないの」

美乃里が振り返ると、なんとロビーに桐野の母親が立っていた。

「あ、お、お母さん。これから病室に伺おうと思っていたんですよ」

「私も美乃里さんがいらっしゃるっていうんで、何か甘いものでもと思って、そこのコンビニで買い物をしてきたところなのよ」

桐野の母親は白いコンビニの袋を掲げる。

「ああ、そんな。お気遣いをすみません」

美乃里が恐縮して何度も頭を下げていると、桐野の母親は笑いながら先に歩き出した。美乃里はすぐにその後を追い、二人は病室に向かい並んで歩いていく。

「美乃里さん、どうなの。最近、良一とは会えてるの」

「いえ、それがなかなか忙しそうで、なんか今度新しく捜査本部に編入させられたそうです」

「捜査本部？　そうだったの」

「良一さんは、そういうことは話さないんですか」

「話さないわよ。もう、高校生の頃から、私との会話は必要最低限だから」

桐野の母親は大きく口を開けて笑った。

二人がエレベーターホールに着くと、すかさず美乃里が㊤のボタンを押す。すぐに目の前のエレベーターの扉が開いた。

「でもやっていることは以前と同じで、日々、パソコンと格闘しているらしいです」

母親は先にエレベーターに乗り込むと、すぐに④のボタンを押した。

「あの子、昔っからパソコンいじり出すと時間を忘れるからね。美乃里さんも、随分、寂しい思いをしてるんじゃないの」

「ええ、まー、何というか……」

ここは何と答えるべきだろうか。

「しかし何であの子、警察になんかに転職したのかしら。昔はあんなに警察が嫌いだったのに。美乃里さん、何か聞いていてない」

桐野が警察を嫌っていたとは知らなかった。

「いいえ。お母さんもご存じないんですか」

エレベーターを四階で降りた二人は、そのまま廊下をまっすぐ歩く。その突き当たりに母親の病室があるらしい。

「知らないわよ。父親の影響でもあったのかしら」

「お父さんの影響ですか。あ、良一さんのお父さんって、どんな方だったんですか。きっと素敵な方だったんでしょうね」

父親を褒めるという鉄板のテクニックを思い出す。故人とはいえ、ここはその鉄板に縋《すが》らない手はないだろう。

「典型的な仕事人間だったわね」

「そうだったんですか。全然、知りませんでした」

桐野からは小学生の時に死んでしまったとしか聞いていなかった。何度かそれ以上のことを聞こうとしたが、いつも何となく避けられていた。

「いつも仕事ばかりだったわ。悪い人じゃないんだけど、いや、悪い人じゃないから、どうしても仕事一辺倒で家庭を顧みなくなっちゃうのよね。最後にはあんなことになってしまったし。だから、良一が警察に転職したと聞いた時は、本当にびっくりしたわ」

「どういうことですか」

今一つ、桐野の母親の言うことが理解できなかった。

「あれ、聞いていないの？」

桐野の母親は足を止めて、意外そうな表情を見せる。

「何をですか」

「良一の父親の職業よ」

桐野の父親の職業など、聞いたこともなかった。ただのサラリーマンなのではと思っていた。

「良一の父親も警察官だったのよ」

「ええ、そうだったんですか」

「美乃里さん、公安ってわかる」

「公安警察ですよね。あのスパイとかを取り締まる」

「うーん、まあ、スパイだけじゃないんだけどね。良一の父親は、警視庁の公安部だったの。だから忙しさもものすごくて、滅多に家に帰ってこなかったの。そんな父親を見て、ああいう職業には絶対に就きたくないって言ってたのに」

美乃里には初めて聞く話ばかりだった。

「確か、良一さんが小学生の時に亡くなったんですよね」

「殉職だったのよ。何かの事件に巻き込まれたらしいんだけど、何しろ公安だから、詳しいことは身内でも教えてもらえないの」

桐野の父親にそんな過去があったとは全く知らなかった。美乃里は軽いショックを覚え、何も言えなくなってしまった。もはや優香のアドバイスは、完全に頭から吹き飛んでいた。

病室に入ると母親はベッドに腰かけて、美乃里に緑色の丸椅子をすすめた。

「何かねぇ。私には嫌な予感がするの。いつか良一も父親と同じように酷い事件に巻き込まれてしまうんじゃないかと」

「まさか……」

桐野が死ぬなんて、美乃里は想像もしたことがなかった。しかし、実際に夫を公務中に失った未亡人を前にすると、急に不安がこみ上げる。

「あら、ごめんなさいね。良一の恋人に縁起でもないことを言っちゃって」

桐野の母親は、からからと笑いながらそう言った。

「あ、そうだ。お母さん、検査の結果は大丈夫だったんですか」

美乃里は、ここに来た本来の目的を思い出した。

「胃に小さなガンが見つかったんだけどね。でも検査中に内視鏡で取っちゃったの。お医者さんも、多分、大丈夫だろうって言ってたから、あんまり心配しないでね」

母親は自分の病気など、全く気にしていないように笑って見せた。しかしその笑顔が本物だとは、さすがの美乃里も思わなかった。

A

「新たに発見された二人の男性の内、身長が低い方の男性の身元が判明した」

今朝の捜査会議で、斉藤本部長から新しい情報が伝えられた。

「名前は吉見大輔《よしみだいすけ》。長谷川祥子と同じ会社に勤務していた当時三〇歳のプログラマーだ。三年前に急きょ退職するというメールが会社に届き、その後、実家でも足取りが取れなくなったために、家族から捜索願が出されていた」

ホワイトボードに新たな被害者の写真が張り付けられた。いかにもプログラマーらしい銀縁の眼鏡を掛けた色白の男だった。

「長谷川祥子と吉見大輔は会社が同じだったばかりではなく、当時、恋人関係だった。詳しいことはその聞き込みを担当した後藤から説明する」

後藤が前に出て、斉藤のその発言に続ける。

「数ヶ月前に長谷川祥子の身元がわかった時、吉見もこの丹沢の連続殺人事件に巻き込まれた可能性もあると考えました。しかしその時は肝心の吉見の死体が見つからなかったので、それ以上の捜査は進みませんでした。既に吉見の歯の治療痕などは入手してありましたので、今回すぐに遺体と照合し、その身元が間違いなく吉見であることが判明しました」

後藤は黒い手帳を捲《めく》りながらさらに説明を続ける。

「吉見の失踪後、住んでいた大田区《おおた》のアパートを家族が整理しましたが、スマホは見つかりませんでした。通信会社に問い合わせたところ、最後の位置情報は、現場近くの鮎沢《あゆざわ》パーキングエリアでした。恋人の長谷川祥子のスマホの位置情報も、同じように鮎沢パーキングエリアで途絶えているので、二人のスマホは殺害された前後に、そこで捨てられた可能性が高いと思われます。吉見が個人で使用していたパソコンは、北九州の実家にあるらしいので、今、取り寄せているところです。届き次第、調べてもらうことになると思います」

後藤と目が合ったので桐野は無言で頷いた。

現場となった丹沢山中の新たな目撃情報も探しているが、何しろ三年も前のことなので、漠然とした情報しか集まらなかった。

「桐野。Mに関して、その後、何かわかったことはあるか」

そうなると、ますます桐野に期待がかかる。

「今、三年前のダークウェブの掲示板を調べています。Mは結構知られた人物のようですが、噂というか都市伝説的な人物で、その実態は謎に包まれています。浦井から聞いた情報をもとに、本人らしき書き込みもいくつか発見しましたが、匿名通信でなければ入り込めない世界ですし、そもそも古すぎてそこからMを追うのは不可能です。

さらにMを騙る偽者も結構いるので、今、その辺の情報の精査をしているところです」

「長谷川祥子のパソコンから何かわかったことはあるか」

長谷川祥子が会社で使っていたパソコンはあったが、デジタル・フォレンジックを行っても、これといったデータは存在しなかった。ちなみに長谷川祥子は個人所有のパソコンは持っていなかった。

「残念ながら、Mに繋がるようなものはありませんでした」

桐野の報告を聞いて、会議室にいた刑事たちは思わず黙った。体力に自信のある猛《も》者《さ》たちも、ネット上を逃げ回る犯人を追いかけることはできなかった。

「しかしMは、どうしてあの丹沢の山が死体を埋めるのに適していると知ったんでしょうか」

毒島がポソリと呟いた。

「毒島。何か考えがあるなら言ってみろ」

「いや、浦井を逮捕する前から思ってはいたんですが、いきなりあんな山奥に死体を埋めようとは誰も思わないだろうなと。つまり、Mがあの場所を知っていたということは、もともとあの辺に土地勘のある人物だったんじゃないでしょうか。つまりMは神奈川県西部の出身、または仕事や趣味で、この辺によく来ていた人物と考えますが、斉藤本部長いかがでしょうか」

　斉藤は大きく頷いた。

「桐野。凄腕のクラッカーならば、子供の頃からパソコンをいじっていたりするよな」

　毒島にそう訊かれて、桐野は一瞬考える。

「そうですね。僕ですら小学生の頃には自分のパソコンでプログラミングの真似事をやってましたから、Mならばその可能性は高いでしょうね」

「本部長。神奈川県西部の高校のパソコン部ＯＢを、虱潰しに当たるというのはどうでしょうか」

　毒島が右手を挙げてそう提案する。

「悪いアイデアではないと思うが、どうやってMだと特定するんだ」

「当時既に才能が開花していて、今、その所在がわからなければ、M候補と考えてもいいんじゃないですかね」

「それは一理あるが、それではあまりに効率が悪くないか」

　斉藤は首を傾げて考える。

「でも、今は他に手掛かりもありませんし」

「わかった。何かがわかるかもしれないから、とりあえず毒島は高校のパソコン部を当たってくれ。他に何かあるものはいるか」

「Mを単独犯と決めつけない方がいいかもしれません」

そう発言したのは、他ならぬ桐野だった。

「どういう意味だ」

斉藤本部長が黒縁の眼鏡をつまみ上げる。

「Mはクラッカーの中ではカリスマ的な存在なので、相当数の協力者がいる可能性があります。Mを頂点としたアノニマスのような緩やかな犯罪者ネットワークも存在するようです。さらにダークウェブ上ではロシアや中国のマフィアとも繫がっているので、プロの犯罪者集団やテロリストと繫がっている可能性もあります」

「なるほど。五人の黒髪の女性を殺した浦井は単独犯だったが、Mは組織的で、もっと大きなグループの可能性もあるということか」

C

「それで被害総額は、いくらほどになるんですか」

「マスコミでは五八〇億円とか報道されていますが、実際のところはそこまでの金額ではありません」

美乃里は社長の森岡に連れられて、ビットマネー社にやってきた。今、世間を騒がせている仮想通貨流出事件の被害者でもあるその新興企業は、池袋駅近くにあるビルの八階にあった。物凄いインテリジェントビルかと思っていたが、どこにでもあるようなオフィスビルで、ラフな恰好《かっこう》の社員が気ままにパソコンに向かっていた。あれほどの事件に巻き込まれたのに、社内に悲壮感は感じられず、そこはまるで学生サークルのようだった。

「犯人はどうやってサーバーに侵入したんですか」

「中途採用の募集ページからです。添付した電子履歴書にウィルスが仕込まれていたようなんです」

副社長の久保田稔は、そう答えるとため息をついた。久保田はまだ三〇歳そこそこで、スーツこそ着ているがロックミュージシャンのような長髪で、顔も真っ黒に日焼けしていた。趣味はサーフィンだそうで、通された副社長室の壁にサーフボードが飾られていた。

「手口は典型的な方法ですね。御社で使っていたアンチウィルスソフトは、その潜入を防げなかったわけですね」

「そうなんです。最新のものを使っていたんですが、犯人の方が一枚上手でした」

既存のアンチウィルスソフトだけでは危ないと、森岡がこのビットマネー社にアドバイスしていた矢先の事件だった。

「犯人の目星はついたんですか」

「警視庁も一〇〇人態勢で捜査してくれていますが、暗号化された上に海外のサーバーを複数経由しているので、犯人の特定は簡単ではないようです」

「匿名通信ですか。それはかなり厄介ですね」

　森岡が美乃里の隣で唸りながらそう言った。美乃里には詳しいことはわからなかったが、さすがに犯人は簡単に身元が割れるような方法は使ってはいないのだろう。

「それで私どもは何をすればよいのでしょうか。そんな凄腕クラッカー相手に、わが社の技術がお役に立てるかどうか」

　事件後、久保田から森岡に急きょ連絡があり、今日ここにやっては来たが、何を望んでいるかは聞かされていなかった。

「犯人の捜査は警視庁にお任せしています。森岡社長には、わが社の何人かの社員のメールを調べてもらいたいんです」

「社内の？　犯人は海外のサーバーを経由してきたんですよね」

「そうです。おそらく事件を計画した主犯は外部の凄腕クラッカーだと思います。しかし内部でその犯人と内通していたものがいないか、それを調べて欲しいんです」

「なるほど。かつて同様の仮想通貨流出事件が起こった時も、内部の犯行だったことがありましたからね」

森岡が頷きながらそう言った。二〇一四年に一〇〇億円の仮想通貨が流出し、日本のある仮想通貨取引所が破たんした。この時は、当初サイバー攻撃にあったと訴え出たその会社の社長が、実は取引所の金を勝手に引き出して散財していたことが判明し、最終的に業務上横領で逮捕された。美乃里もその事件のことは、森岡から聞かされていたので、今、久保田が内部調査を依頼するのも、まんざら考えすぎとも言えないと思った。

「今回の件は私どもの管理ミスに原因があることは否定しません。しかし、それにしてもあまりにタイミングが良すぎるんです。外部サーバーからアクセスできる僅かな隙を見計らって、犯人は攻撃を仕掛けていました」

「確かに、社内から外部の犯人に手引きした人物がいた可能性はありますね」

「もちろん私の思い過ごしかもしれません。しかし警察からも、その可能性は指摘されています」

久保田は黒い顔を歪ませながらそう言った。

「社内のネットワークは、警視庁の方で調べられたのですよね」

「もちろんです。しかしそこから事件に繋がるものは見つかりませんでした」

「個人的なパソコンやネットワークを、調べて欲しいというわけですか」

久保田は無言で頷いた。

「本人が同意していれば問題ないですが、そうでないと法律に触れる可能性がありますよ」

　一瞬、部屋を気まずい沈黙が覆う。

「最終的に同意は取ります。しかしその前にデータが消されてしまったら意味がありません。大変不本意なお願いをしていることは重々承知ですが、費用は最大限お支払いします」

　美乃里は二人の会話を黙って隣で聞いていたが、こんな際どい話を知ってしまっていいものかと心配になった。

「こんな事態を起こしてしまった私の口から言うのもなんですが、仮想通貨の技術自体は安全なものです。今回の件を反省してセキュリティを強化すれば、今後も世界的に普及していくと思います。しかしいくらセキュリティを強化しても、それを取り扱う人間がダメだったら、また同じ事件が起こってしまいます」

A

　吉見大輔の個人所有のパソコンが、桐野のところにやっと届いた。早速、ハードディスクを取り出してコピーを作り、その中身を調べはじめる。

まずはメールアプリを開き、その受信欄をチェックする。

持ち主を失ったここ数年間は、そのメールアプリにリアルなメールは届いていなかった。DMやメールマガジン、そして怪しげなスパムメールをゆっくりスクロールして、桐野は過去のメールの履歴を遡《さかのぼ》っていく。リアルな知人からのメールが混ざるようになったのは、三年前の秋ぐらいからだった。そして三年前の六月まで遡ると、恋人の長谷川祥子、そして会社の同僚や友達らしき人物からのメールも見られるようになった。

しかし、「M」らしきメールは見当たらない。桐野は「M」以外にも、「エム」「m」「emu」などで全部の受信メールを検索してみるが、やはりそれらしいものはヒットしない。

メールの送信欄もチェックする。

『交通費の精算、明日まで待ってください』

送信された最後のメールは、三年前の一〇月六日午後三時二三分。

その後に送信されたメールがないので、この後にこのパソコンの持ち主の吉見大輔は、殺されたか監禁されたのだろう。さらに遡り送信されたメッセージをチェックしていくが、やはり「M」宛てに送ったようなメールはない。同様に全送信メールを、

「M」「エム」「m」「emu」で検索するが、やはり何も引っかからない。

　桐野はさらに過去に遡り、受信送信ともに四年前までのメールをチェックする。「M」が検索に引っかからないということは、違う名前で送受信している可能性がある。Mのイニシャルの人物のメールを注意深くチェックしてみたが、やはりそれらしきものはない。こうなったらすべてのメールの内容をチェックするしかない。

　最後の送信履歴の一〇月六日午後三時二三分のメールから、一つひとつその内容を読んでいく。しかしどのメールも、三〇歳の独身プログラマーがやり取りしそうなメールで、少なくとも犯罪に巻き込まれた形跡はない。

　受信欄も同様だった。一〇月、九月、八月、七月……、一つひとつを読んでいったが、特に不審なメールはなかった。

　そんなはずはないだろう。

　吉見は長谷川祥子とともに、Mに殺されたはずだ。

　桐野は、吉見がまだ生きていた頃の最後の方のメールを、もう一度チェックする。

『明日の打合せは、午後六時に変更してください。あとトラブルが発生したんで、飲み会は途中参加になるかもしれません』

　このトラブルとは、Mに関係するものだろうか。

『明日、七時にいつもの喫茶店で待ってます』

最後に長谷川祥子から送られたメールも、全く普通の内容だった。もっとも恋人との連絡はLINEなどのスマホのSNSを使っていた可能性が高いから、これが本当に長谷川祥子との最後のやり取りだったかどうかはわからない。

いよいよ桐野の復元ツールの出番だった。

FBIが使っているソフトをさらに改良したこの特製ソフトで、吉見のパソコンから削除されたメールを復元する。起動させたそのソフトは、早速、ハードディスクの中身を虱潰しに調べはじめ、ディスプレイ上にスキャン状況を示すダイアログボックスが表示される。

この作業がいつ終わるのか、そしてそこから何が見つかるのか。あとは運を天に任せるだけだった。

C

「お早うございます。あれ、社長、昨日も泊まりですか」

美乃里が出社すると、森岡がデスク横のソファから起き上がった。

「ああ。美乃里ちゃん、お早う。納期が迫っていてね。面倒くさいから泊まっちゃったよ」

　眠そうにその目をこすり、さらに大きな欠伸をしながら森岡はそう答えた。

「大変ですね。社長もそろそろ結婚した方がいいですよ。オーナー社長だし結構モテるんじゃないんですか」

　社長とはいうものの、森岡はまだ若く三〇歳そこそこだった。横浜山手の高級テラスハウスに住んでいて、乗っている車はポルシェだった。ルックスも悪くはないので、本当にモテそうなものだが、しかし不思議と社長の女性関係の噂を聞いたことはなかった。

「忙しすぎて、結婚なんかする暇もないよ」

　外していた銀縁の眼鏡を掛けて、森岡はソファから立ち上がる。

「確かに、そんな感じですよね。でも健康のことも考えて、そろそろ相手を絞った方がいいですよ」

　森岡がエスプレッソマシーンの前に立ちボタンを押すと、豆をする機械音がオフィスに低く響き、部屋にコーヒーのいい香りが漂った。美乃里はデスクに座ると、デスクトップのパソコンの電源を入れる。

「僕はそんなにはモテないよ。それとも美乃里ちゃん、僕と結婚してくれる？」

　冗談だとは思うが、美乃里はちょっとドキリとする。

「私には、桐野さんがいますから」

美乃里は努めて明るい笑顔を作る。

「じゃあ、桐野と三人で暮らすっていうのはどう？」

森岡は笑いながらそう切り返してきた。

「じゃあ、私の友達も入れて四人でシェアハウスっていうのはどうですかね。社長のあの広いテラスハウスだったら、案外ありかもしれませんね」

確かに優香あたりを入れて、四人で一つ屋根の下で暮らしたら、それはそれで楽しそうだと思った。

「お、なんかテレビ番組みたいでお洒落だね。」

森岡は淹れたてのエスプレッソを片手に微笑んだ。

「冗談はさておき、その後どうなの？　桐野とは上手くいってるの」

桐野がここを辞めて以降、社長によくそのことを聞かれるようになった気がしていた。

「うーん。まあ何とかそれなりに。社長同様、桐野さんも相当忙しいですから」

『本日午後、金融庁は資金決済法に基づき、ビットマネー社に立ち入り検査を行いました。五八〇億円の仮想通貨の流出を受けて、金融庁は業務改善命令を発令しており、早急に事実関係や顧客への適切な対応を書面で提出するように求めていましたが……』

その時、テレビからそんなニュースが聞こえてきた。

「社長。この仮想通貨流出って、最後にはどうなるんですかね。犯人は仮想通貨を細かく分散させたらしいですね」

これ幸いと、美乃里はすかさず話題を変える。

「この仮想通貨流出っていうのは、誘拐して身代金を強奪する事件にちょっと似ているんだよ」

「どういう意味ですか」

森岡は湯気の立ったエスプレッソを一口啜《すす》る。

「誘拐されたのは人じゃなくて五八〇億円の仮想通貨だと思えばいいんだ。だけどどの五八〇億円は本当のお金じゃないんで、どこかでリアルなお金、つまり身代金と交換しなければならない」

「誘拐事件だったら、人質と身代金の交換の時に犯人逮捕ってことになりますよね」

「そう。そしてそこが今回の難しいところで、何しろ人質はネット上の仮想通貨だから、世界中どこでも身代金の交換が可能なんだ。警察もネット上の身代金の受け渡しを押さえるというわけにはいかないからね」

それはそうだろうと美乃里も思った。

「しかしだからといって犯人も油断はできない。何しろこの身代金、つまり盗まれた仮想通貨を、普通の人だったら交換しようとは思わないからね」

「どうしてですか。仮想通貨だって、流通してしまえば同じお金じゃないんですか」

「ＪＫ16っていうホワイトハッカーが、盗まれた仮想通貨にマーキングしてしまったんだよ。これはさすがに想定外だっただろうね。身代金は手に入れたけど、全部新札でその番号を控えられちゃったようなものだよ。いや、もっと凄いな。例えて言えば、その新札に身代金ですって落書きされちゃったようなものかな」

「確かにそんなお金は使いたくないですね」

「そんな身代金を好き好んで交換する奴らは、もちろんろくな連中じゃない。しかも相当悪い条件で交換させられるだろうから、犯人としても美味しくない」

つまり犯人は人質の交換は成功したけど、誰も交換したがらない身代金を摑まされたようなものだと森岡は説明する。

「じゃあ、犯人はもう手も足も出ないということですか」

「いや、まだ方法はある。身代金と落書きされたその新札を、また違う別のきれいなお金に換えてしまえばいいんだ。しかしそれにまたＪＫ16に身代金と落書きされたら、また同じことの繰り返しになってしまうけどね」

A

翌朝、桐野が横浜市中区《なかく》海岸通の県警本庁舎に登庁すると、一夜かけて走らせておいたパソコンが、吉見大輔のハードディスクから削除されていたデータの復元を終えていた。

『割のいい仕事があるんだがやらないか？　M』

復元されたメールの一つにはそう書かれていた。

『報酬は君の提示額でOKだ。前金としてその半分を君の仮想通貨口座に入金した』

吉見はMから誘われた危ない仕事に手を染めたらしい。

『なかなかいい仕事だったよ。また機会があったら頼むよ』

その一週間後に新しいメールが着信していたことも、復元ツールが発見してくれた。どうやら、Mと吉見はダークウェブで知り合い、コンピューターウィルスの制作を請け負ったらしい。

『君は何をやっているんだ。私を怒らせない方がいい』

そんなメールも復元していた。二人の関係は暫くは安定していたが、殺される一ヶ月ぐらい前に、その関係に亀裂が入ったようだった。

『私の正体を暴こうなんて、一〇〇年早いよ。吉見君』

腕に自信があった吉見は、Mの正体を摑もうとしたのだろう。吉見はホワイトハッカーを自称していたので、そもそもそれが目的でMに接触したのかもしれない。

『私を甘く見ない方がいい』

『後悔することになるぞ』

矢継ぎ早に脅迫めいたメールが着信していた。

復元されたMからのメッセージを見ながら、桐野はなぜこれらのメールが削除させられたかを考える。危ない仕事に加担した吉見が、Mと接触した証拠を消したかったのだろうか。しかしそれならば、この脅迫メールまで消す必要があるだろうか。逆に何かの時のために、これらの脅迫メールは証拠として保存しておいた方がよいのではないか。

『祥子ちゃんはなかなか可愛いよね』

Mはそんなメールも送っていた。

『昨日は、二回もエッチをしたよね。祥子ちゃんは、ああ見えて結構感じやすいタイプだね』

おそらくMは、長谷川祥子のスマホを遠隔操作して、二人のセックスを盗撮していたのだろう。

『あんな若くてピチピチした子とエッチができて、吉見君が羨ましいよ。私も仲間に入れてくれないかな』

『祥子ちゃんのセクシーな画像をいっぱい持ってるから、吉見君にも一部送ろう』

そこには長谷川祥子と思われる女性の一糸まとわぬ姿が写されていた。

『これをネットで拡散されたら、君も祥子ちゃんもきっと困るよね』

そこには、若い男女が性行為をしているらしき動画が添付されていた。

Mは吉見大輔本人ではなく、セキュリティの甘い恋人の長谷川祥子を狙って攻撃を仕掛けたのだろう。そしてMは徐々に戦いの主導権を握っていく。

『大輔さん。スマホ落としたんだって？　大変だね。暫くはこのパソコンのアドレスにメールするね』

そこから先は、いきなり恋人の長谷川祥子とのメールだった。どうしてこんな普通のメールがわざわざ削除されているのか。

『急に会いたいって、どういうこと？』

『何で、どうして別れようなんて言うの』

『酷いよ。急にそんなこと』

『わかった。今すぐ、そのホテルに行くから』

その四つのメッセージが送信されたのは、一〇月六日午後六時二一分。削除されていない吉見の最後のメールの送信時間から、約三時間後のことだった。そこまで見て、桐野はこれらのメールが削除された理由を理解した。この段階で吉見のパソコンやスマホも、Mに遠隔操作されてしまったのだ。そしてMは二人を殺害した後に、証拠隠滅を意図してこれらのメールを同じく遠隔操作で削除した。

ディスプレイ上には、Mからの最後のメールが表示されていた。

『だから言っただろ、私を甘く見ない方がいいって。さあ、吉見君。最後は話し合いで解決しよう。君が摑んだ私の情報と引き換えに、彼女の身柄とセクシーすぎる画像を交換しよう。今すぐ、ここのラブホに来てくれ』

B

男はいつもの要領で、ビットマネー社のネットワークに潜入する。

バックドアができているので、もはや潜入することにはなんの苦労もなかった。

ハッカーやクラッカーは一度ネットワークの潜入に成功すると、そこにバックドアを残しておくことが多い。バックドアとは直訳すると「裏口」「勝手口」という意味だが、犯罪学上は「正規の手続きを踏まずに内部に入ることができる侵入口」という意味になる。

まずは社長の丹羽のパソコンに潜入し最近のメールをチェックする。

『記者会見の想定Q&A』

『仮想通貨下落の損失補てん回避の法的根拠』

今週末に予定されている記者会見に関するメールが数多く見られた。当初は補償を本当にするのか、その原資はどこにあるのかなどと騒がれていたビットマネー社だったが、先日、正式に全額補償を発表した。

男は次に副社長の久保田のパソコンに潜入する。

この会社は天才プログラマーである社長の丹羽が、システム面を一手に見ていた。しかし肝心の経営に関しては、副社長の久保田がすべてを取り仕切っていた。

『来週月曜日に、三回目の警察の事情聴取が行われます』

『内部犯行の可能性のある社員のリストをお送りします』

『セキュリティコンサル会社との打ち合わせは、来週以降に延期しました』

社長の丹羽よりも、この久保田のパソコンの方が役に立つ情報がありそうだと男は思った。

『警察の方でも、まだJは把握していないようです』

『再度調査しましたが、やはりJと接触した社員はいませんでした。』

『Jのツイッターにメッセージを送りましたが、まだ返事はありません』

男は最初、そのメールのJの意味がわからなかった。

『Jが犯人を特定したというのは本当なのか』

副社長の送信メールBOXにあったそのメールを見て、このJが流出した仮想通貨を追っているJK16のことを指している隠語であることに気が付いた。ビットマネー社の久保田副社長は、一〇〇人態勢でも犯人の尻尾を掴めない警察よりも、一人のホワイトハッカーを当てにしているようだった。

『どんなことをしても、警察より先にJと接触しろ。経費はいくら使ってもいい』

『Jからメールが来ましたので転送します。Jは都内に住む二七歳の女性プログラマーでした』

昨日の日付で、その新たなメールを発見した。

副社長の久保田の特命を受けたセキュリティ担当が、どうやらJK16と接触することができたようだった。

『Jの連絡先はわかるか』

『それが秘密の多い人物で、メールでしか接触できません』

ネット上でもJK16のことが話題になっていたが、その人物は特定できていなかった。しかしその人物は確かに実在し、単なる都市伝説的存在でないことは明らかだった。

『Jは警察と連携しているのか』

『まだしていませんが、要請があったので近々接触するそうです』

『できれば警察に会う前にJと接触したい。警察には話しづらいこともある。Jと接触できるように、やれることはすべてやってくれ。金銭的なことも含めて、会社としては最大限の用意をしている』

『彼女はあくまで正義感でやっているので、金では動かないと思います』

ホワイトハッカーは本業で十分潤っていることが多く、金には無頓着な人物も少なくなかった。そもそも簡単に金で動くような人物ならば、ブラックハッカーになっている可能性が高い。

『Jは犯人のことをどこまでわかっているのか』

『犯人が動き出せば、最後には必ず正体が摑めると言っています。ちなみに警察とは来週会う予定だそうです』

『我々の方で把握している犯人の情報も共有したいから、今日明日中に、至急会いたいと連絡してくれ』

このメールの日づけが昨日だった。その後、このメールに対するレスポンスがあっただろうか。

男はもう一度、副社長の最近の受信ボックスのメッセージを、一つひとつチェックするると、今日の一八時三四分に、一つのメールが着信しているのを発見した。
『日時は明日の……』

第三章

A

「昨日丹沢で、また新しく一人の女性の全裸死体が見つかった。第一発見者は道に迷った登山者だ。一連の事件の死体遺棄の現場からはかなり離れていて、しかも死体は埋められていたのではなく草叢《くさむら》に放置されたままだった。身長は一六〇センチ。痩せ型で、髪はウェーブされた茶髪で黒ではない。鑑識によると死後二、三日ほど経過しているらしい」

朝の捜査会議は、斉藤本部長のその衝撃的な報告ではじまった。死因は紐《ひも》のようなもので頸部《けいぶ》を絞められた窒息死だと言う。

「浦井が死体を埋めたあの現場からは、どのぐらい離れていたのですか」

後藤が手を挙げて訊ねる。

「二〇キロほど離れていた。しかも道路から数十メートル離れたところに捨てられていたので、犯人は車で死体を運んですぐに現場から立ち去ったものと思われる」

「長谷川祥子や吉見大輔、そして未だに身元不明の男性の事件とは、別の人物の犯行と考えた方がいいですかね」

「その可能性は十分にある。同じ丹沢山中ではあるが、浦井やMと思われる人物は地中のかなり深いところに死体を埋めていた。しかし今回はただ単純に遺棄しただけだ」

会議室の刑事たちは、みな一様に頭を捻った。犯人の意図がわからない。

「模倣犯ですかね」

毒島からそんな発言があった。

「わからない。しかしこの案件も、この捜査本部で担当することになった」

同一犯ならばともかく、模倣犯ならば目撃情報も含めて捜査が混乱してしまうのではと桐野は思った。

「死体は車で運ばれたと思われるので、まずここ数日の防犯カメラ、そしてNシステムで怪しい車両や人物がいなかったかを調べてくれ。そしてもちろん近隣の聞き込みもだ。長谷川祥子や吉見大輔たちと違って、つい二、三日前の出来事だ。絶対に何か出てくるはずだ」

会議室の刑事たちは力強く頷いた。ネット上の犯人捜しとは違い、リアルな捜査ならば任せておけと言わんばかりの表情だった。ちなみにNシステムとは、自動車ナンバー自動読取装置のことで、警察が高速などの主要道路や原子力発電所などの重要施設の周辺に設置されている。

「現在、身元を行方不明者と照らし合わせているが、わからない場合はすぐに似顔絵を公表する。今回ばかりは半白骨死体ではなく、顔も十分にわかるほど状態がいい。身元がわかるのは時間の問題だろう」

確かにその通りだろう。しかしそれがゆえに、桐野にはますます犯人の意図がわからない。まるで死体を見つけてくれと言わんばかりの雑な手口だ。

「その後、長谷川祥子と吉見大輔の件で何か進展があったものはいるか」

手を挙げるものはいなかった。

吉見のパソコンから復元されたメールで、吉見大輔と長谷川祥子の二人を殺害したのは、Mというハンドルネームを持つ人物である可能性が高いということは、捜査本部の共通の見立てになっていた。しかしこのネット上のカリスマクラッカーを、リアルに追い掛ける手段がなかった。

「身長一八〇センチを超えるぐらいのもう一人の死体の身元は、まだわかっていないんですか」

毒島が唐突にそう訊いた。身元がわかった吉見大輔、そして新たに発見された女性の死体が見つかる中、身元がわからないその死体のことはつい関心が薄まってしまう。毒島がそう言わなければ、桐野もその存在を忘れかけていた。

「残念ながら、未だに有力な情報はない」

「その男も吉見同様のホワイトハッカーで、長谷川祥子のようにその恋人もあの山に埋まっているんですかね」

誰かが後方でそう囁いたが、それに応えるものはいなかった。

「毒島、神奈川県西部の天才少年ハッカーは見つかったのか」

「まだそれらしき人物は特定できていません。しかし最近はどんな高校でも部活動にパソコン部というのがありまして、そこの顧問やOBに聞き込みをして、何人かの天才パソコン少年に辿り着きました。それらの人物から、今、行方のわからない人物を調べてもらっています」

この中年の刑事は派手さはないが、粘り強くすっぽんのような捜査をする。意外と一番早くMに辿り着くのは、毒島かもしれない。

「とにかくMが殺害したと思われる死体に関しては、二人の身元がわかっている。被害者の身元がなかなか判明しなかった浦井の時とは状況が違う。犯人と被害者の間には、必ず何かしらの接点があるはずだ。新しく発見された死体との因果関係はわからないが、とにかく情報を一つひとつ精査していけば必ず犯人に辿り着くはずだ」

その一言をもって捜査会議は終了するかと思われた。しかしその時、斉藤の胸ポケットの携帯が大きく鳴った。

「牧田部長からだ」

斉藤は携帯のディスプレイに表示された名前を見ると、片手を挙げて会議室の刑事たちを制した。興味津々に見つめる刑事たちに背を向けて、斉藤は黒い携帯を耳に当てた。

「何ですって」

思わず斉藤が発したその一言が、会議室の緊張を高まらせる。斉藤は気まずそうに小声で何かを話し続け、なかなか電話を切ることができない。

「いや、しかし……」

時々聞こえる斉藤の言葉の歯切れが悪い。

「わかりました。やってみます」

最後にそう言って斉藤は電話を切ると、会議室の刑事たちを振り返った。

「たった今、本庁にMを名乗る人物から犯行声明のメールが届いた。文面はこうだ」

斉藤は会議室のホワイトボードに板書する。

『JK16を殺して丹沢山中に捨てた。可哀想だから早く見つけてやってくれ　M』

「えっ、浦井を捜査に協力させるんですか」

桐野は捜査会議のすぐ後に、斉藤本部長に狭い取調室に連れていかれた。そこで聞かされたその突拍子もない考えにまず驚いた。そしてすぐにあの不気味な男の笑顔を思い出し、なんとも言えない憂鬱な気分になった。

「大丈夫なんですか、連続殺人鬼を捜査に協力させたりして」

「現状、Mを最もよく知っているのは浦井なのは間違いない。そして今朝発見されたあの新しい死体だ。我々警察はこのまま被害が拡大していくのを、黙って見ているわけにはいかない」

　ただでさえ狭い取調室なのに、斉藤が部屋の扉を閉めてしまったので、物凄い圧迫感があった。

「しかしあの犯行声明が、本当にMからのものだと決めつけていいんですかね。Mを騙る模倣犯は、ネットの中には山のようにいますよ」

「仮想通貨流出事件を追っていた警視庁が、ＪＫ16と接触しようとしていたが、三日前にぷっつりと連絡が途絶えたらしい。ＪＫ16の本名は神宮寺《じんぐうじ》紗綾子《さやこ》、二七歳。その業界では有名なホワイトハッカーだったそうだ。そして彼女の身体的な特徴は、新たに山で発見されたあの死体と一致している」

　桐野は思わず唾を飲んだ。

「警視庁はMを仮想通貨流出事件の重要参考人として追っていた。ちなみに警視庁も、Mをダークウェブの中でしか捕捉できていない」

桐野は腕を組んで考える。

幹部が浦井を捜査に協力させろなどという超法規的なことを言うのも無理はない。五八〇億円の仮想通貨流出に立ちはだかった正義のホワイトハッカーが、殺されたとなればその衝撃は計り知れない。警察への批判も一気に強まることだろう。

「これは牧田部長からの直々の提案でもある。浦井はまもなく起訴されるので、奴の取調べはこれで一旦終了となる。Mの捜査に協力することも、物理的には可能となる」

長谷川祥子の殺害は外されて、浦井の容疑は五人の黒髪女性の殺害に絞られた。あと数日で、浦井の起訴が確定するはずだった。

「しかし、どうやって奴を捜査に協力させましょうか」

「改正刑事訴訟法を口実に使えないだろうか。日本でも司法取引が可能になった。これを餌に浦井を捜査に協力させるんだ」

オレオレ詐欺や麻薬摘発のために、捜査協力した容疑者を減刑する司法取引が、二〇一八年の夏に施行された。

「司法取引は殺人罪には適用されないじゃないですか。そもそも五人も殺しているのだから、浦井の死刑は免れませんよ」

「そんなことはわかってる。しかし事態はそこまで差し迫っているんだ。わかってくれ、桐野」

眉間に深い皺を寄せる斉藤を見て、桐野は思わず唸ってしまう。

「何とかお前に浦井を説得して欲しいんだ。なぜかお前は浦井の信頼を得ている。考えてもみろ。Mが殺害したかもしれない被害者が既に四人もいるんだぞ。それなのに我々警察は、匿名通信の壁に阻まれて奴の尻尾すら掴めていない」

確かにこのままにしておけば、Mはダークウェブの奥深くに逃げ込んで二度と姿を現さないかもしれない。

「浦井と直接話してみれば、何かの方法があるかもしれない。どんなことでもいい。リアルな空間でMを追いかけられる手掛かりを探り出してくれ」

桐野は取調室での浦井とのやり取りを思い出した。

『警察がMを捕まえることができるかどうか』

浦井のあの一言は、警察はMを捕まえることはできないが、自分ならば捕まえられるという意味なのだろうか。少なくともMに関して知っているすべてのことを、自分に話しているとは思えない。

「桐野。とにかく我々警察は、このまま指を咥えて見てるわけにはいかないんだ」

斉藤がデスクをげん骨で叩いた。普段は飄々《ひょうひょう》としている斉藤だが、今は目が血走っている。桐野も覚悟を決めざるを得ない。

「わかりました。やってみます」

「久しぶりに訪ねてきてくれたかと思ったら、そんなお願いごとですか」

桐野は浦井を取調室に呼び出して、捜査への協力を要請してみた。浦井は暫く黙って考えたが、案の定その反応は芳しいものではなかった。

「警察としては、何としてもMを逮捕したい」

取調室には浦井と桐野の二人きりだった。被疑者を取調室に呼んだ時は、扉は開けておかなければならないので、僅かではあるが扉は開いたままだった。

「それはそうでしょうね。だけど僕としては、全く気が進みませんね」

浦井は背もたれに体重をかけて天を仰いだ。桐野と目を合わせようともしない。

「お前はまだMに関して、俺に話していないことがあるだろう」

一瞬浦井と目が合った。

「そんなことはありませんよ。僕だって大したことは知りませんから」

浦井は目線を左に流しながらうそぶいた。

その仕草を見て、桐野はまだ浦井が自分に喋っていない何かを知っているのではと疑念を深める。しかし何かを知っていたところで、浦井が話す気がなければそれまでだった。

「すいませんね。大してお役に立てなくて」

そっぽを向いたまま浦井は言った。やはりダメかと諦めかけるが、桐野の脳裏に血眼になった斉藤本部長の顔がよぎる。

「しかしこのままでは、あの山で殺された被害者全員が、お前が殺したものと思われるぞ。浦井、お前はそれでもいいのか」

「うーん、確かにそれは困りますが、でも多少やってない殺人の罪を上乗せられたところで、僕の死刑は変わりませんから」

興味なさげにそう答える。その目線はしばらく宙を漂っていたが、やがてゆっくり目線が下に落ち、最後に桐野の顔をじっと見つめる。

「そもそも無駄だと思いますよ」

急に浦井がそう言った。

「無駄？　何が無駄なんだ」

「Mは死んでしまったんです」

「どうしてそんなことが言えるんだ」

浦井の視線は再び宙をさまよい、天井を見つめて何かを考えている。

「やはりお前は、まだ俺に話していないMの秘密を知っているんじゃないのか」

浦井は左右に軽く首を振る。

「一時期、Mが死んだという噂がダークウェブ上で飛び交っていましたから。しかもここ数年、表でも裏でもウェブ上でＭを見掛けたものはいませんからね」

浦井がいつものクールな表情に戻っていた。

「そんなことはないだろう。実際、俺はＭだという人間の書き込みを、ダークウェブの掲示板で見たことがあるぞ」

「それは全部、嘘っぱちです」

確信めいた表情で、浦井はそう言い放った。

「なぜ、お前はそう断言できるんだ」

「Ｍは無駄なことは一切やりませんから。Ｍが何かをネットに書き込むようならば、必ずそれには意味がありましたから」

桐野はＪＫ16殺害の犯行声明のことを思い出した。もしも本当にＭがそういう性格の人物ならば、確かに有言実行型の性格なのだろう。

「実は先日、Ｍを名乗る人物から警察に犯行声明があった」

桐野のその一言に、浦井は軽く目を見開いた。

「ほー、それは面白い話ですね。なんの犯行声明ですか」

「丹沢で新しい殺人事件が起きた。しかもその被害者は、仮想通貨流出事件を追っていた凄腕のホワイトハッカーだった」

「え、仮想通貨がらみですか」

浦井の目がさらに大きく見開いた。桐野は小さく首を縦に振った。

「殺されたのは、いつですか」

「つい数日前だ」

「そいつは、本当にMだと名乗ったんですか」

浦井の目の色が変わってきた。

「メールの犯行声明には、最後にMと書かれていた。ちなみに殺されたホワイトハッカーは二七歳の女性だ。JK16と名乗り、流出した五八〇億円相当の仮想通貨にマーキングをした人物だ。それでMの怒りを買ったのだろうな」

「五八〇億円ですか。それは穏やかじゃないですね」

「警察が事件を発表する前に、その犯行声明のメールが送り付けられた。それを送り付けてきたのが本物のMなのかどうかはわからないが、その人物がJK16というホワイトハッカー殺害に関係しているのは間違いない」

浦井は大きく息を吸った後、口を真一文字に結んだ。

「お前はMの何を知っているんだ」

取調室に沈黙が訪れた。浦井は真剣に何かを考えているようだった。桐野は我慢強く、次に浦井の口から出る言葉をじっと待つ。

「実際に殺人事件があり、そしてその犯行声明が送り付けられたのならば、そのMを名乗る人物には非常に興味がありますね」

　言葉とは裏腹に、無表情で浦井は言った。何とか浦井の心情を読もうとするが、この男がこういう顔になると、何を考えているか桐野にもわからない。

「警察としては、これ以上被害者が増えることは容認できない。浦井、一緒に捜査に協力してくれないか。お前だって模倣犯みたいな奴がのさばるのは、気分が良くはないだろう」

「桐野さん。僕のメリットはなんですかね」

「メリット？」

　思わず浦井の言葉を繰り返す。この期に及んで、浦井は何のメリットが欲しいのだろうか。

「これは司法取引でしょ。僕がこのＭ探しに協力すると、僕にはどんなメリットがあるんですかね」

「そ、それは……」

「ひょっとして大幅に減刑されて、無期懲役ぐらいになるんでしょうかね」

　それはお前の協力しだいだ。犯人が逮捕されれば、特別な配慮があるかもしれない。その程度の言葉は言えるだろう。一捜査官が密室で、死刑になる犯罪者に含みをもたすような口約束をしても、言質さえとられなければ何とかなる。浦井が録音機を回しているはずはない。斉藤本部長も、内心それを期待しているはずだ。

「それはやってみないとわからない」

「本当ですか」

浦井はゾクリとするほど冷たい目でそう訊ねる。しかしそもそも浦井は殺人犯なので、司法取引は弁護士立会いの下で行われる。単にこれは捜査に協力させることによって警察の心証を良くし、裁判の時に何かしら有利な証言をしてあげる程度のことでしかない。

それで死刑という極刑が覆ることなど、絶対にあり得ない。

「現実的には無理だろう。多少、お前が警察に協力したところで、五人も殺した罪が無期懲役になるわけがない。お前の死刑は間違いない。それでも捜査に協力してもらえないか」

浦井には何の見返りも提供できない。純粋に捜査に協力してもらうだけだった。

「ふ、ふ、は、ははは」

突然、浦井が笑い出した。

「あなたはやっぱり僕が思っていたような人ですね。ふ、ははは……」

浦井が不気味に笑い続ける。

最初は背筋が凍る思いだった。しかしよく見ると、浦井は単に愉快で笑っているのかもしれないと桐野は思った。自分の感情を持たないというこの男は、笑うことすら不器用だったのだ。

「気に入りましたよ、桐野さん。僕が司法取引できるとすれば、電気椅子にするか絞首刑にするか選ばせてもらえるぐらいのことでしょう」

　浦井が大笑いするのに釣られて、桐野も苦い笑顔を作って見せる。

「いいでしょう。協力しますよ、桐野さん。しかし、いくつか条件があります」

「条件？」

「Mを追う以上、最高のネット環境が必要です。僕にハイスペックなパソコンを一台使わせてください。さらに有線ＬＡＮのあるような会議室で、作業をさせてください。通信の繋がりやすさの問題もありますが、鉄格子の中では、なかなか作業も捗《はかど》りませんからね」

　浦井が言うことはもっともだった。ネットを使わなければ、とてもじゃないがMを追うことはできない。

「そしてもう一つだけ。これが最大の条件です」

　浦井はそう言いながら人差し指を一本立てた。

　どんな無理難題を突き付けられるのか。桐野は思わず身構える。

「桐野さんがまだ誰にも話していない、桐野さん自身のとっておきの秘密を一つ教えてください」

「俺の秘密を？」

「ええ。僕はその秘密を絶対に誰にも言いません。それは必ずお約束します。そしていずれ僕は死刑になりますから、桐野さんはその秘密を僕に教えても、決して誰かにばれることはありません。それを前提に、桐野さんのとっておきの秘密を教えてください」

なんで浦井は、俺の秘密を知りたいのだろうか。そんなことを知って、浦井になんのメリットがあるというのか。

「既に命の保証がない以上、僕には守るべきものはありません。今回、捜査に協力するのは、あなたが誠意のある人物だと思ったからです。そして桐野さんのとっておきの秘密を教えてもらえれば、僕はあなたへの友情の証としてこの捜査に協力します」

「友情の証として？」

「ええ。桐野さんは迷惑かもしれませんが、僕はここに入ってあなたと出会って、初めて友達というものが理解できたような気がします。友達ならば、損得を抜きにして捜査に協力することができます。だから桐野さんも、友達として僕に秘密を教えてくれると嬉しいです」

浦井は真剣な顔でそう言った。

これは一体、なんの罠か。そんな秘密などいくらでも嘘を言えるし、たとえどんな嘘を言ったところで、浦井にはそれを確認する術はない。

「だから仕事のことでなくても構いません。恋人のこととか、家族のこととかでも結構です」

プライベートな秘密ならば、さらに何とでもなる。

桐野の脳裏に一瞬、美乃里や母親の顔がよぎる。彼女たちに関する秘密を喋ったところで、捜査には何の影響もない。ひょっとして浦井は、本当に自分のことを信用して、それこそ友情を感じて捜査に協力すると言っているのではないだろうか。

「しかしその時は、マジックミラーも盗聴マイクもない部屋でお願いします」

C

「良ちゃん。やっぱり味付けがおかしかったかな」

美乃里はそう言いながら、手作りの肉じゃがを噛みしめた。料理は決して得意ではなかったが、時々こうやって部屋に桐野を招いて手料理を振る舞う機会も増えてきたので、徐々に腕前は上がっていると思っていた。

しかし、この肉じゃがは何かが変だ。

「いや。美味しいよ。美味しい」

さすがの美乃里も、それが桐野の本心だとは思えない。

何を失敗したのだろうか。

今一つ味気のない肉じゃがを噛みしめながら、美乃里は必死に考える。

「今度は、上手く作るね」

美乃里は精いっぱいの笑顔でそう言ったが、桐野は相変わらず浮かない顔をして肉じゃがを食べている。

「そんなに不味《まず》かった？」

美乃里は恐る恐る桐野の顔を覗き込む。

「いや、肉じゃがのことは、そんなに気にしていないよ。こんな個性的な肉じゃがもたまにはいいと思うよ」

「じゃあ、何か心配ごとでもあるの」

「うーん、まあね」

桐野は作り笑顔でビールを飲むが、やはり心ここにあらずだ。まんざら肉じゃがのせいだけではないのかもしれない。

「お母さんのこととか」

見舞いに行った時の様子は既に伝えてあった。ガンはもはや切除して元気そうではあったが、その病名はショックだったと思う。

「それもあるけど……」

この親子の関係は、正直自分では理解できない。母子家庭だけに二人の信頼関係は強いのだが、何かちょっと他人行儀というか距離を感じる。美乃里は自分は桐野本人より、既に母親にとって近い存在になっているのではないかと勝手に思っていた。

「ねえ、美乃里。美乃里のとっておきの秘密って何？」

「へ？　何でそんなこと訊くの」

「いや、ある人に試されていてね。俺のとっておきの秘密を教えろって言われてるんだよ。でもさ、秘密って人に言えないから秘密なんだよね。でもだからといって、どうでもいい秘密を言ったんじゃ、その相手には信用されない。話せるギリギリの秘密って、結構難しいよね」

「そうねえ。話す相手によって大分変わるし、その相手って、男性？　それとも女性」

「男性」

それを聞いて安心する。桐野が他の女と、そんなとっておきの秘密を共有されたんじゃ堪らない。

「同性ならば、結構、話せるんじゃない。私のこととか」

「まあ、そうだよな。普通は恋人の話とかだよな」

ちなみに桐野は、美乃里と付き合っていることを警察に内緒にしている。警察というのはちょっと特殊な世界で、恋人ができると上司に申告書を提出しなければならない。犯罪者や政治的な危険人物と付き合うのを防いだり、さらには警察官の不祥事などを予防するためで、その申告書には交際相手はもちろん、その家族や同居人の氏名や職業までも記入する。そしてその後、交際相手の身辺調査が行われる。

犯罪歴や水商売の経験の有無、そして特定の宗教に入っていないかを調査されるそうだが、警察には今までのすべての犯罪に関わるデータベースがあるので、そこに名前を入れるだけで、過去のデータがすべてわかってしまう。若気の至りで万引きをしてしまったとか、バイトでキャバクラで働いていただけでも、店に風営法などで捜査が入った場合には、残念ながら警察にそのデータが残っている。

「あんまり、色恋沙汰で盛り上がるってタイプの人物ではないんだよね」

桐野は一体、誰にとっておきの秘密を話さないといけないのだろうか。

「ところで美乃里のとっておきの秘密って何？」

意外と桐野との間には秘密は少ない。しかしだからといって、プライベートなことを全部話しているかといえばそんなことはない。

「とっておきの秘密ねー」

桐野にそう言われて、美乃里は改めて真剣に考える。そうはいっても初体験とか、過去の男性経験とかが話せるわけがない。

「なかなかちょうどいい秘密ってないんだよね」

桐野が箸を動かす手を止めてまで考えるので、美乃里も思わず頭を捻る。

美乃里は桐野と付き合ってから、もちろん浮気をしたことはない。敢えてギリギリ話せるとすれば、社長の森岡にちょっと口説かれかかっていることだろうか。それを今話せば程よく桐野の嫉妬心を引き出して、自分を大事にしてくれるかもしれない。しかしその一方で、仲が良かった森岡と桐野の関係にヒビが入りそうでちょっと微妙だと思った。

「まあ、韓流アイドルが好きなこととかな」

美乃里は桐野の顔を窺《うかが》った。美乃里はまだこのことを、桐野には話していなかった。きちんとした恋人がいながら韓流アイドルにときめくのは、ちょっとした浮気のようで後ろめたかった。

「そんな趣味があったんだ。でもそのぐらいの秘密じゃ、意味がないな」

美乃里の心配をよそに、桐野は全く興味を示さない。

「インパクトがないってこと？」

「やっぱり人の信頼を得られるような秘密って、もっと危険な匂いがするものなんじゃないかな。まな板の上の鯉《こい》っていうか、その人を信用しているから洗いざらい言いましたみたいな、自分を曝《さら》け出す感じが大事だから。運命共同体というか、共犯者意識というか、かなり破壊的な秘密が必要だと思うんだ。ねえ、美乃里のとっておきの秘密って何？」

話の流れが凄いことになってしまった。

そんな風に言われると、ここで何かよほど重要な秘密を言わないと、自分が桐野を信用していないみたいだ。自分を曝け出すことによって相手の信頼を勝ち得る。しかし自分の信用や印象はぎりぎり損なわれない。そんな都合のいい秘密などあるだろうか。

「……良ちゃん。それって下ネタでもいい？」

A

「ハイスペックなパソコン一台と、有線ＬＡＮの使える環境下でインターネットを使わせて欲しいと言ってきました」

桐野は捜査本部の会議室で、浦井から提示された捜査協力のための条件を、斉藤本部長に報告した。もう一つの条件であるとっておきの秘密のことは、ここでは伏せておいた。

「会議室ならば、本庁内でも有線ＬＡＮは使えたよな」

「はい」

「そのぐらいで、浦井は捜査に協力すると言ったのか」

桐野がその時の様子を伝えると、斉藤は顔を綻ばせた。しかし桐野は一つの疑念を抱えていた。

「しかしあの凄腕のクラッカーに、そんなインターネット環境を与えてしまって大丈夫でしょうか。ネット上とはいえ、何かとんでもないことをやらかしたりしませんでしょうか」

桐野のその一言に、斉藤も真顔で考える。

「桐野。そこは上手く監視できないか」

同じことを桐野も考えていた。

「方法はあります。浦井のパソコンを遠隔操作ウィルスに感染させて、常時、カメラで録画します。さらにそこに解析ソフトを忍ばせておきます」

「そうか。是非、そうしてくれ」

相手が素人だったら、この方法で完ぺきだと思った。

「しかし何しろ相手は浦井ですから、その状況を利用して、さらにこちらを欺くかもしれませんよ」

斉藤は腕を組んで考える。

「まあ、そうなったらそうなったでしょうがない。そもそも浦井を捜査に協力させることだけでも、十分すぎるリスクだからな。その辺のことは覚悟の上だ。とにかくこの膠着《こうちゃく》状態を打破しなければならない」

「最悪の場合、脱獄したりしませんかね」

桐野はずっと感じていた最大の不安を口にした。

「脱獄？　この日本でか」

「ええ」

「浦井というのは凄腕のハッカーだとは聞いてはいたが、身体能力も凄いのか」

「本部長、ハッカーじゃなくてクラッカーです。ちなみに浦井の身体能力に関しては、特別な報告はありません」

浦井は身長こそ高かったが、特に筋骨隆々というタイプではなかった。調書を読んでも、身体能力に優れているようなことは特に書かれてはいなかった。

「それならば大丈夫だろう。それに仮に浦井が脱獄したとしても、警察は既に奴の指紋もＤＮＡもそして顔写真も押さえてある」

すべての逮捕者は、最初の取調べの前にDNAなどの個人の身体情報を採取される。もちろん浦井もそれらを採取され、既に警察のデータベースに記録されているはずだった。

「万が一脱獄しても、すぐにまた捕まってしまうだろう。横浜の中心街のそこら中に張り巡らせた監視カメラを掻い潜って、脱獄者が逃走を続けることなどできはしない」

「監視カメラの顔認証の技術は、飛躍的に向上していますからね」

斉藤は大きく頷いた。

「それに日本は海外とは根本的に違う。海外で脱獄が多いのは、治安の悪いところばかりだ。脱獄してすぐにマフィアなどの地下組織が協力してくれなければ、逃げ通せるはずがない。むしろ本当に脱獄するならば海外に逃げた方がいい。しかし密航でもしない限り、日本の税関で脱獄者は必ず逮捕される」

確かにその通りだった。

脱獄は、頑丈な鉄格子を作ったからといって防げるわけではない。苦労して脱獄しても逃げ通せないと思うから、犯罪者は脱獄する意欲そのものをなくすのだ。Nシステムをはじめ、日本の都市部には警察や民間の監視カメラが多数張り巡らされている。さらに街中には交番があり、多くの警察官がパトロールしている。そして何か事件が起これればヒステリックに報道するマスコミもある。さすがの浦井でも、脱獄することは不可能だろう。

「それにいくら浦井でも、インターネットがなければMを追いかけられないだろう。そもそも奴を捜査に協力させるということは、ネット上でMを捕まえて欲しいということに他ならない」

「おっしゃる通りです」

今までネット上でMの足跡を見つけても、ことごとく匿名通信の壁に阻まれていた。正直、桐野もダークウェブに関しては、それほど詳しいわけではない。同じダークウェブの住人だった浦井ならば、自分の知らない突破口を見つけてくれるのではと、桐野も内心期待はしていた。

「よし。浦井が起訴されたら、すぐに浦井が言うインターネット環境を整備してやってくれ。桐野。引き続きこの件はお前に任せる」

桐野は神妙な顔で一礼する。

「ところでJK16こと、神宮寺紗綾子二七歳の自宅を捜査したが、やはりパソコンやスマホは見つからなかった。犯人によって持ち去られた可能性が高い」

それらがあれば事件も解決に向かうかと思っていたが、さすがに犯人もその辺は抜かりないようだった。

「しかしスマホは、最後の電源が入っていたところの位置情報が取れますよね。最後に神宮寺紗綾子のスマホの位置情報が確認できたのはどこなんですか」

「東名《とうめい》高速の足柄パーキングエリアだ」

「言われた通りのネット環境は用意したつもりだが」

桐野はパソコンに向かう浦井に話し掛ける。浦井のためにこの会議室に高速ＬＡＮを引き、最新型のパソコンを新たに購入した。浦井は嬉々とした表情で、先ほどからせわしなくキーボードを叩いていた。

「警察の取調べも鉄格子の中の暮らしも結構新鮮で楽しめましたが、逮捕されてインターネットから遮断されたのは、本当に辛かったですね。僕は麻薬はやったことはありませんが、麻薬中毒者がいきなり更生施設に入れられると、こんな感じになるんでしょうかね」

浦井の気持ちはよくわかった。自分も同じような状況に陥ったら、体がもがれたような気分だろう。

「殺されたホワイトハッカーのパソコンをデジタル・フォレンジックしたら、恋人とともにＭから脅迫されていたことがわかった。これがそのやり取りだ」

桐野は自分のパソコンに表示されたＭからのメッセージを見せる。

「確かにこの文体はＭっぽいですね。僕も似たようなメッセージをもらった記憶があります」

浦井の腰には取調べの時と同様に縄がつけられていて、その端は近くのテーブルに括りつけられている。しかも会議室の出入り口には警備課の警官が常時立っていて浦井が怪しい行動を取らないように監視していた。

「じゃあ、吉見大輔と長谷川祥子を殺したのは。お前のメンターだったMと考えてもいいのか」

「その二人の死体が、あの山に埋められていたのだから、殺したのはMでしょう。むしろMはあの山にその二人の死体を埋めて誰にも発見されなかったから、僕にあの山のことを教えてくれたんだと思います」

「どうしてMはお前にその場所を教えたのだろうか」

「直接的には僕がMに金を払ったからですよ。ダークウェブ上では、そんな情報の交換は日常茶飯事ですから」

桐野の質問に答えながらも、浦井の指は休むことなくキーボードを叩いている。

「でもひょっとすると、Mは僕を殺そうと思っていたのかもしれませんね。そのホワイトハッカーは、Mの正体を知りすぎてしまったから殺されたわけじゃないですか。だから僕も最終的には殺してしまえばいいと思ったんじゃないですかね」

人ごとのように浦井は言った。五人の女性を次々と殺してしまったように、この男にとっては、自分が殺されることもさほど重要な問題ではないのだろうか。

「ところで桐野さんは、ダークウェブの掲示板を使ったことはありますか」

浦井は唐突にそう訊いた。

「今回の件で詳しくはなったが、隠語が多くて今一つ馴染《なじ》めない。マルウェアもいたるところに仕掛けられているし、仕事でなければ、あまり利用したくないネットワークだな」

ダークウェブで最も有名なのがＴｏｒというソフトを使った匿名ネットワークだった。これが世間に知られるようになったのは、二〇一二年の「パソコン遠隔操作事件」がきっかけだった。他人のパソコンを踏み台にしていくつもの襲撃予告をした犯人に、当時の警察は完全に騙《だま》されてしまった。

この時は犯行現場近くの監視カメラに不用意に映った真犯人を、地道な捜査で何とか逮捕することができた。つまりこの「パソコン遠隔操作事件」は、警視庁やどこかの県警の凄腕サイバー捜査官がネットを駆使して解決したものではない。さらに四人もの市民を誤認逮捕し、その内の何人かには嘘の自供をさせてしまったように、当時の警察はＴｏｒに関する知識が全くなく、犯人の方が遥かに先を行っていたことを証明してしまった。

その後、警視庁や各都道府県警もサイバー対策の部署を強化しているが、この「パソコン遠隔操作事件」は、警察のサイバー犯罪に対する認識を一変させる極めてエポックメーキングな事件だった。

「まずは、このTorネットワークの裏掲示板で、その後のMの情報を調べてみましょう」

「そうだな。Mの犯行声明もこの匿名通信を使って送られてきたからな。あとこれは先に言っておくが、このパソコンは別室でミラーリングさせてもらっている」

浦井の顔から笑みが消える。

「僕は信用されていないということですか」

さすがにこの凄腕クラッカーにして連続殺人鬼のこの男を、信用しろという方に無理がある。

「まあ、それはしょうがないだろう」

「だったら捜査の協力なんか、頼まなければいいのに」

ポソリと浦井が呟いた。本気で怒っているのか、それともただ拗《す》ねているだけなのか。相変わらず感情が読みづらい。

「しょうがないだろう。お前は我々の想像を超えている」

「クラッキングの基本はソーシャルエンジニアリングです。僕はネット上で色んな嘘をつきます。法律に反することもやったりもします。それをいちいちチェックされたんじゃ、とても捜査に協力なんかできませんよ」

ソーシャルエンジニアリングとは、人間の恐怖心や射幸心などの心理的に弱い部分を突くクラッキングの技術だった。しかもそのほとんどの手法が法律には反している。

「目的さえ間違っていなければ、多少のことには目を瞑る。我々の最終目的は、Ｍの逮捕だからな」

「我々の中には、僕も入っているんですかね」

「もちろんだ」

浦井の顔に笑みが戻った。

「ところで、桐野さん。最後の条件をまだ教えてもらっていませんが」

浦井がさらにニヤリと笑う。

「とっておきの秘密か」

浦井は自分を試している。

ありきたりの秘密では、この男の心は開かない。

この目の前の男を本気で捜査に協力させるには、もっと特別な何かを差し出さなければならない。しかし何しろ相手は凄腕のクラッカーだ。下手なことを喋れば、その秘密をウェブ上で晒されて人生が破滅してしまう可能性は十分にある。

「どんなことが知りたい」

「仕事上の秘密は結構です。桐野さんが、今、どんな事件を追っているかなんて、僕には興味ありませんから。それよりも、もっと桐野さんの個人的な秘密が知りたいですね」

「それを教えれば、捜査に全面的に協力してくれるのか」

「はい、約束します。もしもその秘密が凄いものならば、僕は親友として桐野さんを信用します」


隣で美乃里が寝たのを確認すると、桐野は静かにパソコンを立ち上げた。このパソコンはいつも美乃里の部屋に置きっぱなしにしてあったが、美乃里のものではない。それは複雑なパスワードで管理している桐野の秘密のパソコンだった。

美乃里の睡眠はいつも深く、一度寝付いたらまず朝まで起きることはなかった。一方で桐野は慢性的な不眠症で、さらに隣に人が横たわっていたらとても熟睡などできはしない。

パソコンが立ち上がり、もう一度美乃里が熟睡しているのを確かめると、桐野は以前侵入した時に作っておいたバックドアから、再びそのネットワークに潜入する。

今、桐野が潜入しているのは警視庁のデータベースだった。

日本の首都・東京都を管轄する警視庁と、桐野の所属する神奈川県警は同じ警察ではあるが基本的には別の組織である。警察庁がさらにその上に存在し、全国の各都道府県の警察を取りまとめ、指紋やＤＮＡ、顔認識情報など、犯罪者の検挙のために色々協力をし合ってはいるが、神奈川県警のサイバー担当が警視庁の内部データベースを自由に閲覧することはできない。

今やっていることがばれれば、懲戒免職は間違いなく、不正アクセス禁止法違反で逮捕されるだろう。ちなみにその罪状は、三年以下の懲役、または一〇〇万円以下の罰金である。

そんな危険を冒しても、桐野には調べなければならないものがあった。

さすがにこの作業を、県警のパソコンでやるわけにはいかない。さらに自宅のパソコンでやるのも不可能だ。

個人的なハッキングのために使っているこの秘密のパソコンは、死んでも警察に知られるわけにはいかなかった。さらに桐野は最新の匿名化ツールを駆使して、このパソコンからハッキングを行っていた。

突然、美乃里が寝言を言った。

一瞬、桐野はドキッとしたが、美乃里は何事もなかったように無防備な寝顔を晒している。

桐野は再び、キーボードを叩きはじめる。

目指しているのは、過去の公安警察の資料だった。テロ、左翼、右翼、過激な宗教に目を光らせ、そしてスパイのような活動もする公安警察。しかも首都東京のそれを管轄する警視庁の公安は、日本の警察の中でも最も闇に包まれていて秘密が深い部署だった。

しかしその極秘なはずの公安警察の資料が、ネット上に流出してしまった事件があった。

警視庁国際テロ捜査情報流出事件。

二〇一〇年一〇月、ファイル共有ソフト・ウィニーのネットワーク上に、公安部外事第三課のものと思われる内部資料がアップされた。

流出したのは主にイスラム圏のテロ情報に関するもので、中東の大使館の監視記録、警戒対象人物の個人情報、ＦＢＩの要請で聴取した協力者の記録、さらにはテロが発生した時に展開する警視庁のスタッフの個人情報などだった。洞爺湖《とうやこ》サミットを控えて、公安はテロへの警戒を行っていたのだが、その大事な機密そのものが流出してしまったのだ。内部犯行説も囁かれ未だに真実は闇の中だが、それ以降公安の機密がさらに厳重に管理されるようになった。

何度か警視庁のデータベースに潜り込み、驚くような情報を目にしたが、未だに桐野が目指すべき公安警察の情報には辿り着けていなかった。それは全く別のデータベースで管理されていて、インターネットに繋がっているパソコンでは閲覧できない可能性もあった。なぜならば桐野は、警視庁の公安担当者のコンピューターを直接ハッキングしていたからだった。そこから幹部も含めて警視庁の公安部員のあらゆるパソコンに潜り込んだが、未だに目指すべき資料を見つけ出すことはできなかった。

桐野は職場では口にしなかったが、密かにハッキングの技術にも自信があった。神奈川県警はもちろん、警視庁にも自分を上回るハッキング能力を持つ捜査官はいないと思っていた。

だから前回、このパソコンから警視庁のネットワークに潜り込んだのがばれていたのには驚いた。痕跡を消しているのでさすがに追跡されてはいないと思うが、警視庁も凄腕のサイバー捜査官を採用したのかもしれない。

その時、またベッドの上の美乃里が寝返りを打った。

これ以上の潜入は危ないかもしれない。最新の注意を払ってはいるが、万が一、自分の知らない方法で追跡されれば、このパソコンの所在がばれてしまう。

しかし桐野は、キーボードから手を放すことができなかった。今、潜入しているサーバーのその向こう側に目指すべき情報があるかもしれない。時計を見ると午前三時を過ぎていた。何とか朝になる前に、その情報を探り当てられないものかと思っていた。

第四章

A

「浦井。お前は過去何回ぐらいダークウェブ上でMと接触したんだ」

「一〇回ぐらいですかね」

浦井はブラインドでキーボードを叩きながら、桐野の質問にそう答えた。

「Mはどんな奴だと思う」

「Mは天才クラッカーと言われていますが、実は努力家タイプの人物だと思います。奴が何かを企《たくら》む時は、徹底的に相手のことを調べ上げ計画的に実行します。さらに非常に慎重な男でもあります。奴は自分の身元がばれるのを、極端に警戒していましたから」

「それはMでなくとも、ハッカーやクラッカーならば誰でも同じことだろう」

桐野は美乃里の部屋にあるパソコン以外にも、いくつかの秘密のパソコンとスマホを持っていた。

「それはそうですが、Mの警戒心は度を越しています。吉見という殺されたホワイトハッカーは、多分、面白半分にMと接触して、その虎の尾を踏んでしまったんじゃないですかね。当時、腕自慢のハッカーの間では、伝説のM探しが流行っていましたから」

桐野もダークウェブの掲示板で、そんな書き込みを目にしたことがあった。

「Mは今後どう行動すると思う」

浦井は指を止めて考える。

「このままならば何もしないでしょうね。JK16も殺害して自分の正体がばれる危険がなくなれば、じっとしているのが一番ですから」

「やはり、そう思うか」

浦井に協力してもらっても、Mが動かなければやりようがない。

「でもそうなると、桐野さんは困りますよね」

「まあ、俺というか、警察は困るな。匿名通信の壁は崩せない。さらにMが動かなければ、警察としては手も足も出ない」

「桐野さんにとっておきの秘密を教えてもらった以上、僕としても何とかしてMの正体を暴きたいと思っているんですよ」

浦井は真面目な顔をしてそう言った。相変わらず捉えどころのない男だが、その顔は嘘や冗談を言っているようには見えなかった。あの秘密を打ち明けて、ある程度浦井の信頼を得られたのかもしれない。

「しかし桐野さん。僕にあんな秘密を打ち明けてしまって良かったんですか。ばれれば警察を首になりますよ」

「それで済めば御の字だろう。下手をすれば逮捕される可能性だってある。しかし、それは覚悟の上だ。場合によっては全国二五万人の警察官を敵に回して、俺一人で戦わなければならなくなる日がくるかもしれない」

警視庁のネットワークに潜入していることを、浦井に話すのは確かに無謀だったかもしれない。

「今、僕はこうやってネットを自由に使える環境にあります。僕があの秘密をどこかの掲示板に書き込んだりすることは考えなかったんですか」

もちろんそれも考えた。しかし桐野は敢えてあの秘密を浦井に打ち明けた。浦井ならばそんなケチなことはしないと思ったからだ。

「そんなに僕を信用して、大丈夫なんですか」

「お前は大丈夫だ」

「どうしてですか」

「お前は俺と約束をした。秘密は死ぬまで誰にも喋らないと」

「確かにそうは言いましたが」

「お前は最初に会った時、お前と俺はどこか似たようなところがあると言った。そして俺もお前と話しているうちに、確かにお前は俺に良く似ていると思った。だからこそわかる。お前は俺を裏切らない」

ハッカーとクラッカー、警察官と犯罪者。立場は全く違ったが、自分と浦井には同じタイプの血が流れている。この手のタイプの人間は、信用に足ると思われる人物がいたとしても、ただそれだけではその人物を信用したりはしない。その一方で、自分を高く評価してくれる人物には、無防備に心を開いてしまう。

承認欲求。

ハッカーやクラッカーになる人間は、人に認められたいと思う欲望が人一番強いのだと思う。

「桐野さん。Mに罠を仕掛けましたよ」

「どんな罠だ」

浦井はニヤリと笑ってパソコンの画面を桐野に見せた。

「神奈川県警の桐野という凄腕の捜査官が、丹沢のシリアルキラーの証言からMの重要な秘密を掴んだと、ダークウェブの一番深いところに書き込みました。Mは必ずこれを見ます。そして黙っていられなくなるはずです。きっと何かを仕掛けてきますよ」

C

「そう言えばサイバー刑事のお母さんの容態はどうだったの？　病院にお見舞いに行ったんでしょ」

仕事終わりに、優香とラゾーナ川崎内のコーヒーチェーン店でお茶をした。最近、優香の仕事が忙しいらしく、二人でここでお茶を飲むのも、結構久しぶりだった。

「実は胃ガンだったんだけど、早期発見だったからまずは大丈夫みたい」

胃ガンや大腸ガンなどは、早期発見ならば五年生存率はかなり高いと桐野の母親から聞かされていた。

「桐野さんは何か言ってた」

「心配は心配だけど、まずは一安心ってところかな。それより仕事が大変らしくて、そっちの方に気が行っちゃってる感じかな」

美乃里はキャラメルマキアートを口にして、唇についた白い泡をペロリと舐《な》める。

「ふーん。それでどうだった。美乃里はお母さんと、上手く会話はできたの。気に入られたの？」

「うーん。まあ、上手くやった方だと思うよ。優香に特訓してもらったおかげだよ」

「それはよかった。私も役に立てて嬉しいよ」

優香はにっこり微笑んで、抹茶クリームフラペチーノを口にする。

「だけど何で、美乃里はそんなに結婚願望が強いの」

「別に結婚願望が強いわけじゃないよ。単に良ちゃんと結婚したいだけ。だけど良ちゃんが、私との結婚を全く考えてくれないから、ちょっと心配になっているだけだよ」

「まだ付き合って二年でしょ。桐野さんは、今、二九歳だから三〇歳になったらその気になるかもしれないよ」

優香の言う通りかなとは思っていた。桐野が以前のセキュリティ会社に勤めていた時は、結婚なんか考えたことはなかった。

「ねえ、優香。警察官って、恋人ができると職場にその申告書を提出しなくちゃいけないって知ってる」

「え、何それ」

「私も最初にそれを聞いた時は唖然《あぜん》としたんだけど、警察って思っていた以上に厳しい職場で、恋人が犯罪や風俗に関わっていないか、マジでチェックされるのよ」

そんな警察の規則が、二人の不協和音のはじまりだったかもしれなかった。

「何しろ警察のデータベースで検索するから、どんな興信所に頼むよりも早くて正確なわけ。それで問題があったりすると、マジで別れさせられたり出世に響いたりするらしいの」

「えー、知らなかった」

　優香は目を丸くしてそう言った。

「そしてその申告書を提出してしまうと、警察官は社会の規範とならなくてはいけないから、当然、浮気なんか認められないわけ。だからその申告書を出すってことは、ほぼその人と結婚するっていうことで、事実上の婚姻届というわけなのよ」

「へー、凄いね。でもカレシがふられちゃったらどうするの」

「その時はその時で、ふられましたって報告するらしいよ」

「え、それはかなりダサいわね。それで、桐野さんはその申告書を出してるの」

「出していないわよ。というか、全く出す気がないの」

「どうして」

「警察に入る前から付き合ってたし、……何より、私と結婚する気がないからじゃないかな」

　美乃里は当時、すぐに桐野と結婚したいとは思っていなかったが、桐野が自分との結婚を考えていないことを知ったのはショックだった。

「はっきりそう言われたの」

「そんなこと口に出して言われたら死んじゃうよ。ねえ、優香。男の人ってどういう時に結婚したくなるのかな」

桐野は結婚する気配はないものの、それ以外は問題なかった。ただ美乃里は、妙に結婚を意識するようになってから、男という生き物が急にわからなくなっていた。

「さあ、さすがにそれは人によるんじゃないかな」

「でも優香は、カレシに結婚しようって言われてるんでしょ」

「まあね。でも、まだ早いって断ってるけれどね」

桐野と出会う前ならば美乃里も同じ考えだった。しかし人間は手に入らないと思うと、逆に執着してしまうものなのかもしれない。

「やっぱり、できちゃった婚とかを狙うべきかな」

「また、そんな過激なことを……」

その時、美乃里のスマホが小さく震え、ディスプレイに表示された奇妙なメールに目が釘《くぎ》付けになる。

「どうしたの、美乃里」

「これって、どういう意味だろう。新手のフィッシングメールかな」

最初そのメールを見た時は、美乃里はなんのことだか理解できなかった。

「フィッシングメールって本当に増えたよね。しかもアマゾンとかアイチューンズとか、そっくりのロゴ付きで送られて来るから、うっかりクリックしちゃいそうになるよね」

美乃里は優香のその言葉に反応できなかった。桐野の仕事を思い出し、そのメールの意図が朧気《おぼろげ》ながらも想像できたからだった。

「どうしたの？　どんなことが書いてあるの」

美乃里は黙って、そのメールの文面を優香に見せた。

『桐野、手を引け。さもないと美乃里を山に埋めるぞ。M』

A

「Mが動き出したぞ」

そう言いながら、桐野は美乃里から転送されたMのメッセージを浦井に見せた。今日も朝から本庁の会議室で、浦井とともにネット上のMの足跡を追っていた。

「桐野さんではなく、恋人の美乃里さんに送り付けてきましたか」

「ああ。俺には何も接触してきてはいない」

「神奈川県警でMを追っているのが桐野さんだとわかれば、当然、桐野さんの交友関係は調べますからね。まあ、その辺はソーシャルエンジニアリングの基本中の基本ですからね」

クラッカーは相手の弱いところから攻撃する。ホワイトハッカーの吉見大輔も、まずはその恋人が罠に嵌められた。

「美乃里さんに届いたメールも、匿名通信のＴｏｒ経由ですか」

浦井の指摘通りだった。美乃里からメールが転送された時に、すぐにそれを調べたが、Ｍが簡単に身元を晒すはずがなかった。

「今までのパターンだと、次に桐野さんのパソコンやスマホが乗っ取られて、そこから美乃里さんをおびき出すメールが届く」

「美乃里のスマホを調べたら、案の定遠隔操作ウィルスに感染していた。美乃里のスマホから、その遠隔操作ウィルスを削除した方がいいよな」

浦井は暫し考える。

「いや、このまま美乃里さんに気づかないふりをしてもらってください。今、遠隔操作ウィルスを削除したら、相手はもっと狡猾な手段を使うでしょう。むしろ美乃里さんにこのまま気づかないふりを続けてもらって、今後Ｍがリアルに美乃里さんに接触してくるのを待ちましょう」

「そんなに上手くいくかな。前の事件から三年以上もたっているし、何しろ今回は、我々警察が相手だからな」

「じゃあ、他に何かいいアイデアでもありますか」

そう言われると答えに窮する。

「それより、桐野さんのパソコンやスマホが、遠隔操作ウィルスにやられていたりしませんか」

「それは大丈夫だと思う、俺は市販のアンチウィルスソフトを使っていないから」

「じゃあ、何を使っているんですか」

「セキュリティ会社に勤めていた時に、自分で開発したソフトを入れているんだ。Mとはいえ、これを突破できるとは思えない」

クラッカーは市販されているアンチウィルスソフトを研究して、新しいコンピューターウィルスなどのマルウェアを作る。桐野が民間時代に、森岡と一緒に作ったそのアンチウィルスソフトは抜群だった。あまりにも性能が良すぎて、他のソフトが売れなくなってしまうので、発売するのを取りやめたほどのものだった。

「桐野オリジナルですか。それは強力そうですね。そうなると、Mは古典的な方法を使う可能性もありますよ。桐野さん、くれぐれも尾行には気を付けてくださいね」

「一応、警察学校で、その辺の基本は教え込まれたつもりだが」

浦井は首を左右に振る。

「尾行をする技術があるからといって、尾行に気づく能力があるとは限りません。追うのは簡単ですが、追われるのを防ぐのは遥かに難しいです」

確かに相手はMだ。どんな巧妙な手口を使うか予測できない。そうなると、仕掛けられるのを待つばかりでは不十分な気がしてきた。何とかこちらが主導権を握って、Mを追いかける方法はないだろうか。

「美乃里にこのメールを送り付けてきた人物の顔写真が手に入らないかな」

写真などのリアルな手掛かりがあれば、警察の組織力がものをいう。全国に指名手配することもできるし、Nシステムをはじめとした各所の監視カメラと照合すれば、どこかで必ず足がつく。

「このメールの差出人の顔写真があればいいんですか」

浦井が呟くようにそう言った。

「入手できるか」

「うーん、やってやれないことはありませんが」

「是非、頼む。顔写真さえあれば、事件は半分解決したようなものだ。整形手術を受けても顔の骨格は変わらないから、素顔を晒したらそれでアウトだ。必ずどこかの防犯カメラに引っかかる」

防犯カメラに引っかかれば、そして顔認証をしながら犯人を追いかけることもできる。

「そんなに警察のカメラって発達していたんですか」

浦井が意外そうな顔でそう言った。

「警察に限った話ではない。単にカメラ技術の向上で、防犯カメラの性能が良くなったんだ。だから安い値段で高性能の防犯カメラや監視カメラが、民間でも大量に設置されるようになった。だからお前も脱走しようだなんて思わないことだな」

「肝に銘じておきます」

浦井は神妙そうな顔をする。

「しかし、Mは俺を舐めているのかな」

『桐野、手を引け。さもないと美乃里を山に埋めるぞ。M』

美乃里から転送されたメッセージを、桐野は改めて見る。一般人ならばともかく、神奈川県警のサイバー犯罪担当の恋人に、こんなメールを送り付けてくるとは。

「桐野さん個人というよりも、日本の警察全体を舐めているんでしょうね。日本の警察はリアルな犯罪に関しては世界トップの捜査能力を誇っていますが、サイバー犯罪に対しては相当遅れていますから。実際僕もＦＢＩならばともかく、日本の警察になんかには捕まらないと思っていましたから」

ズバリ本音を言われると、桐野としても耳が痛い。

「五八〇億円分の仮想通貨が流出した件だって、警視庁は何の手掛かりも摑めていないんでしょう。Ｔｏｒを使えば警察は手も足も出ないっていうことを、みんなわかっちゃったんじゃないですかね」

確かに仮想通貨流出事件の警視庁の捜査は、遅々として進んでいなかった。日本最高のサイバー捜査集団でもその有様なのだから、Mが増長するのも無理はない。

「しかしMが美乃里さんを脅迫したのならば、彼女に警備をつけた方がいいかもしれませんね」

浦井にそう言われて、桐野は暫し考える。

「どうかしましたか？　桐野さん」

「そうなると警察に美乃里と付き合っていることを、申告しなくちゃいけないなと思って」

「へー、そんな決まりがあるんですか。でもそれを申告すると、なんかまずいことでもあるんですか」

「警察というのは結構お堅い職場なんで。流れ的には、将来そのまま美乃里と結婚しなくちゃならなくなるかもしれない」

「桐野さんは、彼女と結婚する気はないんですか」

「うーん、まあ、そうだなあ……」

神宮寺紗綾子の自宅から彼女の個人所有のパソコン、スマホは見つからなかったが、会社のパソコンは確保できた。しかしそこにはＪＫ16としての活動の痕跡はなく、Ｍに関する手掛かりもなかった。ちなみにそのパソコンに関しては、仮想通貨流出事件を捜査している警視庁も大いに関心を持っていたので、その結果は警視庁を大きく落胆させる結果となった。

「神宮寺紗綾子を誘拐した連中の車がわかったそうだぞ」

捜査本部でコーヒー片手に考え事をしていると、毒島にそう話し掛けられた。神宮寺紗綾子殺害に関しては、桐野のデジタル・フォレンジックよりも従来の足で稼ぐ捜査の方が早かった。

「現場近くに駐車してあった不審な紺色のワゴン車が、東京から現地までのＮシステムに映っていたらしい」

「ナンバープレートもわかったんですか」

「もちろん。しかし残念ながらその車は盗難車だった。車の持ち主は、事件とは何の接点もないらしい」

毒島は桐野の隣に腰かける。

「しかし容疑者の写真は撮れたらしい。運転手と助手席の人間の顔がばっちり写っていたらしい」

Ｎシステムは、機械によってはナンバープレートだけではなく、その運転席と助手席の写真もクリアに撮影できる。

「複数犯ですか」

「三人だったらしい」

「顔写真が撮れたんなら、事件は解決に向かいますね」

「実行犯はすぐにわかるだろう」

毒島は腕を組んで宙を見上げる。

「実行犯？　どういう意味ですか」

「Nシステムに映った連中は、明らかに日本人ではなかったらしい。アラブ系の外国人じゃないかと、さっき本部で言っていた」

「なあ、桐野。なぜ、彼らはJK16を襲ったんだ」

桐野は首を傾げて考える。そんなアラブ系の外国人が、JK16を殺害する理由があるだろうか。中東で仮想通貨取引が盛り上がっている様な話は、桐野は聞いたことがなかった。

「あくまで私の推論ですが、外国人の犯人たちは匿名ネットワーク上で、Mに金で雇われたのかもしれませんね」

「なるほど、そう考えるか」

Ｔｏｒは、イスラム国などの中東のテロリストに、よく利用されていた。

「ダークウェブの世界では、少額で殺人を引き受ける連中がいます。海外ならば、たった数万円で殺しを請け負った例もありましたから」

桐野は苦いコーヒーを飲みながら、匿名ネットワーク内の書き込みを思い出した。麻薬、兵器、児童ポルノ、人身売買、ありとあらゆるものがそこでは平然と売買されていた。その中には殺人を請け負うものも確かにあった。

「今、犯人が海外に逃走しないように、国際空港や港湾に通達を出しているところだが、果たしてどうだろうか」

当然、実行犯は海外への逃亡を謀るだろう。国内に潜伏しているのならば、捕まるのは時間の問題だ。

「彼らが、既に海外に逃走してしまっていたとしたら、どうなるんでしょうか」

「まあ、インターポールに協力を求めるぐらいしかできないだろうな」

インターポールは、フランスのリヨンに本部を構える国際刑事警察機構（ICPO）の略称だ。国際犯罪防止のため、一九〇以上の国や地域の警察が加盟している世界有数の国際組織ではある。「ルパン三世」の銭形《ぜにがた》警部もそこに所属していることになっているが、あんな風に血眼になって犯人を追いかける刑事はインターポールにはいない。実はインターポールには捜査組織もなければ逮捕権すら持ってない。やれることと言えば、加盟国からの手配書を発行するぐらいのことだった。

C

「優香。やっと、良ちゃんが私を警察に届けてくれるって」

美乃里は会社が終わると、大事な報告があると言って、優香をいつものコーヒーチェーン店に呼び出した。

「え、何？　美乃里、何か悪いことやったの」

「違うよ。交際申告書だよ。良ちゃんが正式に私と付き合っていますっていう書類を、警察に届け出てくれるって」

「あ、それは良かったじゃん。おめでとう」

優香は美乃里の手を取って喜んだ。

「ありがとう。警察に申告書を出すってことは、これで正式に私と良ちゃんが恋人であるという何よりもの証明だからね」

「確かに、相手が警察だからね。浮気とかしたら逮捕されそうだね」

「うん。これで意外と早く、結婚なんてことになるかもしれない。これも優香のアドバイスのおかげだよ。優香、ありがとう」

美乃里は両手を合わせて頭を下げる。

「ところでさ、さっきから気になってたんだけど、あの入口に立っている男の人って、美乃里の知り合い」

　優香は入口のスーツ姿の若い男を見ながらそう言った。

「そう。私のボディガード」

「ボディガード？　何でそんな人が美乃里に付いてるの」

「なんか、良ちゃんが付けてくれたの。ほらこの前、変なメールが送られてきたじゃない。念のため気を付けた方がいいからって。だから会社から自宅の往復の時は、警察の人がボディガードしてくれることになったの」

　毎日、美乃里の朝夕の通勤には、私服の警官がボディガードしてくれることになった。また自宅も交番からちょくちょくパトロールをしてくれることになっていて、ちょっとしたＶＩＰ待遇だった。

「そうなんだ。気を付けてね」

　しかしあれ以来怪しいメールもこなかったので、普通に生活している分には、そんな大変な事件に関わっているという実感は沸かなかった。しかし自分のスマホが遠隔操作ウィルスに感染していると思うと、気持ちが悪い。

「なりすましが怖いんで、メールはすぐには信用するなって言われてるの」

「どういう意味？」

　美乃里はハンドバッグの中からもう一台の黒いスマホを取り出した。

「このスマホは良ちゃんから貸してもらっているの。大事なメールや電話は、すべてこのスマホからするように言われているの。だから優香にも本当に大事な時は、このスマホからするから気をつけて」

「うん、わかった」

「あと良ちゃんからのメールは時になりすましが恐いから、メールが届くと、その度にこのスマホを使ってそのメールが本物だったかどうか確認するの」

「へー、結構徹底しているのね」

「でも、だったら、最初からこのスマホで電話してこいっていうものよね」

「まあ確かに」

「相変わらず休みはないし、警察官の彼女って結構不便なのよね」

A

「神宮寺紗綾子殺害に関与したと思われる外国人は、アフマド・イブラヒーム、サージダ・アッラーウィーという名前のイラク人で、先週、関西国際空港から母国に帰国したことが判明した。他に、アブドゥルアズィーズ・サリームという人物も同時に出国していて、三人は急に大金を手にしたから帰国すると周囲に漏らしていたそうだ」

今朝の捜査会議は、斉藤本部長のその報告からはじまった。

イラクと聞いて桐野が毒島を窺うと、毒島は大きく顔を顰めていた。そのイラク人たちが混乱が続く国内に戻れば、果たしてどの程度その足跡を追えるものだろうか。

「解剖の結果、神宮寺紗綾子が殺害されたのは死体が発見された二日前で、直接の死因は紐のようなもので頸部を絞められたことによる窒息死であることが判明した。さらに被害者の膣《ちつ》内から複数のＤＮＡ型の精子も発見された。その精子と出国したイラク人たちのＤＮＡ鑑定を、至急、科捜研でやっているところだ」

痛ましい報告に会議室が沈黙する。

「ちなみにダークウェブの匿名ネットワークでは、殺人を金銭目的で引き受ける連中がいるらしいな。桐野、もしもＭを名乗っている人物が、ダークウェブ上でこのイラク人たちを雇っていたら、その発信元を特定するのは難しいのか」

「既に主要なダークウェブの掲示板を見ましたが、Ｍを名乗った人物の書き込みはありませんでした。もしもダークウェブ上で彼らを雇ったとすれば、その段階で書き込みは削除したでしょうし、もしも残っていたとしても、匿名通信を使っていれば発信元の特定はまず難しいと考えてください」

斉藤は軽くため息をつく。

「浦井とやってる囮《おとり》捜査で、Mから何か動きはあったか」

「私の恋人に脅迫めいたメールが届きました。しかしそれも匿名通信を使っているので、その追跡は不可能でした」

桐野は忸怩《じくじ》たる思いでそう答えた。自分が期待されているのはわかっているが、やはり匿名通信の壁に阻まれて、なかなか捜査に貢献できない。日本の警察のサイバー技術だけでは、桐野としてもその壁を崩すのは難しかった。

「桐野。何とか、Mの尻尾を摑めないのか」

「今、浦井とともにそれを考えているところです」

もっとMを挑発して、リアルに動き出すのを待つという方法はあった。しかしその場合、Mは自分ではなく弱い美乃里を狙うだろう。美乃里をそんな危険に晒すのは、正直気が進まなかった。

「毒島。神奈川県西部の高校から、Mの手掛かりになりそうな情報は摑めたのか」

「高校はダメでした。そこで今度は中学校を当たっています」

「効率が悪すぎないか」

中学の数は高校よりも多い。しかもこの辺の地域の子供たちは、地元の中学からそのまま地元の高校に進学する生徒がほとんどだった。

「しかしどの学校もパソコン部は活発なので、思ったより聞き込みはしやすいです」

「Mは神奈川県西部の出身ではなく、成人してからあの丹沢の現場を知った可能性もあるぞ」

「もちろんその可能性はあります。しかしそうだとしても、その情報を神奈川県西部のパソコン部の関係者から聞いた可能性があります。パソコン好きの間には、独特なネットワークがありますから、何かの手掛かりになるかもしれません。そうだよな、桐野」

いきなり毒島にそう言われて、会議室の目線が桐野に集まった。

「確かにマニア同士の繋がりがありますから、何かがわかるかもしれません」

とびぬけて優秀なパソコン少年は、必ずどこかで噂になった。毒島がやっている作業も、まんざら無駄とは思えなかった。

「わかった。毒島はその聞き込みを続けてくれ。他に何か発言のあるものはあるか」

「山で発見された身長一八〇センチ超えの男の身元は、まだわかってないんですか」

毒島がそう訊き返した。

「わかっていない。ホワイトハッカーだった吉見大輔には捜索願が出ていたが、もう一人の男の捜索願は出ていないようだ。日本人にしては結構背が高い大男だ。そんな身体的な特徴のある男の捜査願が出ていれば、見落とすことはないだろう」

その男の家族は何をやっているのだろうか。三年も連絡がつかなければ、警察に相談の一つぐらいはするのではないかと桐野は思った。

「他に質問があるもの」

「斉藤本部長。浦井からの提案なんですが」

他ならぬ桐野自身が手を挙げる。

「フェイスブックとツイッターから、そのアクセスログを提供してもらうことはできないでしょうか」

その質問に、斉藤は首を傾げる。

「それらを提供してもらって、何を調べるんだ」

「神宮寺紗綾子はJK16の名義でツイッターをやっていました。さらに個人名でフェイスブックもやっています。その二つに誰がアクセスしていたかを調べたいのです。これはクラッカーやハッカーの常套《じょうとう》手段なんですが、彼らはターゲットを定めたら、まずその人物の周辺情報を徹底的に調べます。その時にフェイスブックやツイッターは情報の宝庫なので、何度も何度もそこを訪れているはずなんです。つまり執拗に神宮寺紗綾子の個人情報をチェックしている人物がいれば、それが犯人、またはその関係者である可能性は大いにあります」

「なるほど。そうすればMのIPアドレスがわかるかもしれないというわけか」

斉藤は眼鏡の黒いフレームをつまみ上げる。

「そうです。この神宮寺紗綾子やJK16のSNSを執拗に訪れている人物がいたら、それはMである可能性が極めて高いということです」

「なるほど。それは一理あるな」

「その二社にアクセスログの提供を要請してみてくれませんか」

「しかしフェイスブックにツイッターだからな。どちらもアメリカとの交渉ということになるな」

斉藤は渋い表情でそう呟いた。

「海外のSNSも、正式な要請があれば個人のアカウント情報は提供してくれます」なりすましや犯罪防止のため、それらのSNSもその国の警察の要請があれば、アカウント情報は提供していた。

「確かにそうだが、お前が言っているのはアクセスログだからな。今までに聞いたことがない。提供されるデータも膨大なものになるんじゃないのか」

桐野が言っているのは、その個人のSNSのアカウントにアクセスしたすべてのログなので、その情報量も膨大になる。

「まあでも、とにかく要請はしてみよう」

桐野は思わず頭を下げる。

「ありがとうございます。その間に、私はまずは国内のプロバイダーから、アクセスログとIPアドレスを入手してみます」

「国内の何のアクセスログだ」

「ツイッターやフェイスブックに比べるとぐっと精度は落ちてしまいますが、神宮寺紗綾子、吉見大輔、長谷川祥子、そして私と私の恋人に関するホームページを訪れている共通のIPアドレスを探してみます」

「具体的にはどんなホームページだ」

「私に関してはこの神奈川県警のホームページです。私の恋人は今の勤務先であるセキュリティ会社。さらに神宮寺紗綾子は、個人名でブログをやってました。ホワイトハッカーの吉見大輔と恋人の長谷川祥子はその二人の勤務先ですかね」

ツイッターもインスタも流行る前から、神宮寺紗綾子は個人でブログをやっていた。そこで自分がJK16と名乗ったことはなかったが、そのブログをMが見ていた可能性はあると思った。

「膨大な数にならないか」

「その辺は解析ソフトを作りますから大丈夫です。神宮寺紗綾子の個人ブログや神奈川県警はそれなりのアクセスがあるでしょうが、私の恋人や吉見大輔の会社は、一般的にはそれほど知られた会社ではありません。それらを共通して訪れているIPアドレスが一つでもあれば、そこに何かしらのヒントがあるはずです」

「なるほど。黒子《くろこ》のバスケ脅迫事件を解決したやり方か」

「よくご存じですね。二〇一二年から一三年にかけて、黒子のバスケという人気漫画に関係する施設や会社などを次々と脅迫する事件が起こりました。実際に致死量を超える硫化水素を発生させようとしたり、かなり悪質な事件だったので、警察はこの脅迫事件を徹底的に捜査しました。その時使ったのが、この捜査手法です」

「確かあの時は、脅迫された施設や会社のホームページを閲覧しにきたアクセスログを、徹底的に解析したんだったよな」

斉藤の問いに桐野は大きく肯《うなず》いた。

「その結果、犯人が大阪市内のあるインターネットカフェからアクセスしていることを突き止めました。すぐにそのインターネットカフェ周辺の防犯カメラを解析し、遂に犯人を逮捕することができました」

「桐野。それを至急やってくれ」

むしろこっちの方が、アメリカのＳＮＳを頼るよりも早くて効果的かもしれないと桐野は思った。個人のＳＮＳならば多少は警戒するが、単にブログやホームページを覗くだけならば、犯人も油断をしているはずだ。

「四つのホームページを訪れている共通のＩＰアドレスがあったぞ」

神奈川県警、神宮寺紗綾子の個人ブログ、吉見大輔と長谷川祥子の会社、そして美乃里の勤めるセキュリティ会社。この四つのホームページのアクセスログを解析ソフトで分析したところ、早速、そのすべてを頻繁に訪問しているIPアドレスが判明した。

「いくつありましたか」

「一つだけだが」

浦井は軽くため息をついた。

「桐野さん。それは僕らのIPアドレスですよ」

「あ、なるほど」

「それ以外はなかったんですか」

桐野は首を縦に振った。

アクセスログの提供は、国内のプロバイダーでも簡単ではなかった。アクセスログは数週間単位で上書きしているので、その段階で過去のログは失われてしまう。

「全部のホームページを見たという縛りを外してみましょうか。吉見大輔と長谷川祥子の会社に関しては、最近のアクセスログは意味がありませんからね。神奈川県警、神宮寺紗綾子の個人ブログ、そして桐野さんの恋人が勤めている会社だけとなりますが」

「やってみようか」

桐野が検索条件を変更しキーボードを叩くと、今度は大量のアドレスが表示された。

「三ヶ所すべての重複ってありますか」

桐野は目を細めながら、細かい文字を確認する。

「意外とあるな。検索ロボットとか機械的なアクセスが来ているのかもしれない。これらをいちいち調べても、犯人にはヒットしないかもしれない」

「ＩＰアドレスは、同じパソコンやスマホから見たからといっても、必ずしも同じとは限らないですからね」

パソコンを持ち歩いていて、様々な場所からアクセスしていれば、ＩＰアドレスは変わってしまう。スマホに至っては、掛けるたびに違うといっても過言ではない。

「やっぱりこの方法には無理があったか」

「発想は良かったんですけど精度が低すぎますね。もっと最近のしかも頻繁にアクセスしているＩＰアドレスを抽出しないと、意味がないですからね」

「そうだよな。俺をマークしているとしても、神奈川県警のホームページに、俺の情報が載っているわけではないからな。美乃里にしたって、会社のホームページに何かの個人情報がのっているわけでもないしな」

神宮寺紗綾子個人ブログはＭが執拗に閲覧していたと思われるが、神奈川県警や美乃里の会社のホームページに、Mが何度も訪れているとは考えられない。

「やはり海外のSNSのアクセスログをもらうしかないんじゃないですかね」

「それが海外のSNSのアクセスログは、保管期間が短くて既に上書きされている可能性が高いらしい。日本と違って海外はネット上のプライバシーが厳しいから、企業側もなるべく持っていたくないのだろう」

「コストにもなりますからね」

「何か他にいい方法はないだろうか」

二人は黙って考える。相変わらず会議室の入口には警備の警官が立っていて、浦井の腰には縄が縛られ、その端は机に括り付けられていた。しかし今や、浦井はなくてはならない桐野の相棒であり、捜査本部の最後の切り札でもあった。

「あ、そーか」

その時、浦井が素っ頓狂な声を出した。

「どうした。何か思いついたか」

「データが足りなければ、増やせばいいじゃないですか」

浦井の目が鋭く光る。

「どこか他のホームページのアクセスログも、検索に加えるのか」

「そんなの効率が悪すぎますよ」

「じゃあ、どうする」

「桐野さん。すぐに神奈川県警のホームページに、サイバー刑事、桐野良一のセキュリティ日記というブログをはじめてください」

C

「良ちゃんがブログをやるのはわかるけど、どうして私まで、ブログをやらなくちゃいけないの。ツイッターやインスタじゃダメなの。私、ツイッターのフォロワーなら五〇〇人以上いるわよ」

桐野から黒い方のスマホに電話が掛かってきて、今すぐ会いたいというので、美乃里は嬉々《きき》として神奈川県警本庁舎近くの喫茶店までやってきた。しかしそこで、いきなりブログをはじめて欲しいと頼まれた。

「ツイッターやインスタじゃダメなんだ。むしろそれらはしばらく放置して欲しい」

「え、どうして」

「ツイッターとインスタはアメリカの会社だから」

美乃里には全く理解ができなかった。同じようなことを書くのに、なぜ、アメリカの会社だとダメなのだろうか。

「そもそも私がブログを開設することと、警察の捜査とどんな関係あるの」

桐野は周囲を見渡すと、顔を美乃里に近づける。

「美乃里、ちょっと耳を貸して」

美乃里は身を乗り出して、桐野に左耳を近づける。

「Mをおびき出すんだ」

「え、Mって。あの気味の悪いメールを送り付けてきた、あのM」

桐野は人差し指を口に当てる。

美乃里はかつて自分に届いた、あの脅迫メールを思い出す。

「ああ。美乃里を事件に巻き込んで申し訳ないんだけど、ここは一つ協力してもらえないかな」

桐野は真面目な顔をして大きく頭を下げた。そんなことをされると、美乃里としても文句は言えない。

「JK16だった神宮寺紗綾子を殺害した犯人が、この間、脅迫メールを送ってきたMだったとしたら、必ずその人物は俺と美乃里のブログを見にくるはずだ。そしてそのアクセスログを解析すれば、犯人が使ったパソコンやスマホのIPアドレスがわかる。それで事件は一気に解決に向かうはずだ」

桐野の説明で、美乃里もその意図は理解できた。

しかし同時に急に不安にもなる。

何しろ相手は凄腕のクラッカーのあのMだ。しかもJK16や丹沢で新たに発見された被害者を、殺した犯人かもしれないのだ。

「正直言って危険は危険だ。しかしこのままじっとしていても、美乃里の安全が守られるわけでもない。美乃里は既にMにマークされているから、逆にこうやって犯人を誘き出すことができるんだ」

「それはそうかもしれないけど」

美乃里は今でも、気持ちの悪い遠隔操作ウィルス入りのスマホを持たされている。夜寝る時はそのスマホの電源を切るように言われていた。しかし習慣とは恐ろしいもので、ついうっかりスマホを片手にトイレに行ってしまったり、そこからネットショッピングをしてしまいそうになったことがあった。

「警察としても、今は少しでも手掛かりが欲しいんだ。美乃里、頼む。協力してくれ」

桐野は両手を美乃里の目の前で合わせる。こんなに必死に何かを頼む桐野を見るのは初めてだった。

美乃里は、最近少しずつ桐野が変わってきているような気がしていた。

森岡の会社にいた頃の桐野は、一人で何でもできるスーパーマンだった。しかし警察に入ってからは、何かと上手く行かないことが多い。美乃里にも今みたいに、ちょっと無理ぎみなお願いを平気でするようになった。思い通りに行かないことは、本人にとっては腹立たしいことだろうが、そうなると桐野も自然と人に頼らざるを得なくなる。しかしそれで今まで桐野に足らなかった何かが、満たされてきているような気がしていた。

「Mの手口はわかっている。俺の名前で送られてくるなりすましメールに気を付けていれば大丈夫だ。そしてそのメールがあったら、すぐに俺かあのボディガードの刑事に黒いスマホで連絡してくれ」

桐野は喫茶店の外に立っているボディガードの刑事に目をやった。あの日以来、美乃里には絶えずそのボディガードが同行していた。その精悍《せいかん》な顔つきを見ると、美乃里の気持ちも少しは軽くなる。

「わかった。で、どんなブログにすればいいの」

それにそこまで言われれば、カレシの仕事が上手く行くように協力するのが恋人というものだろう。

「俺は県警のホームページにセキュリティ日記っていうのを書くんだけど、美乃里はできれば、どこにでもある普通のＯＬのありきたりなブログがいい」

「え、そんなブログでいいの」

「ああ。下手に面白いブログにしてアクセスが集中すると、解析する手間が増えるから。つまらないブログの方がありがたい」

「つまらなくていいの。つまらないブログね、わかった」

美乃里はぶつぶつと言いながら、何を書こうかと考えながら、目の前のカフェラテを一口啜る。

「つまらないブログ……。でもそう言われると逆に難しいかも」

「まあ、この際つまらなさには拘《こだわ》らない。だけどマメに更新はして欲しい。しかしあまり個人情報を上げると危ないんで、顔写真とかは絶対に載せないように」

桐野は真剣な表情でそう言った。

「じゃあ、誰かのコンサートに行ったとか、どこかのレストランで美味しいものを食べたとかでいいかな」

「うーん。それも場所が特定されるんで、あまりよくない」

「え、じゃあ、何ならいいの？」

「そうだなー、本の感想とかがいいんじゃないか。それならば、個人情報が特定されることはないから大丈夫だろう」

そう言われて美乃里は絶句した。

美乃里は今年に入ってから、まだ一冊の本も読んでいなかった。

A

浦井はダークウェブの掲示板に、神奈川県警のホームページで、桐野のブログがはじまったことを書き込んだ。一方美乃里も、新しくブログをはじめたことを、自身のツイッターで告知した。

日々、溜まっていく二つのブログへのアクセスログの中に、殺されたJK16こと、神宮寺紗綾子の個人ブログを訪れたIPアドレスがヒットしないか、桐野と浦井はじっと待った。

やがて頻繁にヒットするIPアドレスが、四つほど見つかった。プロバイダーに問い合わせた結果、その四つのIPアドレスからその人物像が浮かび上がった。

その中の一つは、ちょっと意外な人物だった。

それは、ビットマネー社の副社長の久保田稔のIPアドレスだった。

しかしビットマネー社のセキュリティ・コンサルタントを森岡の会社が請け負っていて、さらに美乃里が何回か久保田に会っていると聞いていたので、その彼が美乃里のどうでもいいブログを見ていても不思議とは言えなかった。またビットマネー社の久保田ならば、当然JK16のことは気になるだろうし、神奈川県警で新たにはじまった桐野のサイバー犯罪に関するブログを見に来ていても、まあ不自然とは思えなかった。

もう一つのＩＰアドレスは、桜田門の警視庁のものだった。

仮想通貨流出事件は、今、警視庁の最重要捜査対象だから、ＪＫ16であった神宮寺紗綾子の個人ブログは当然チェックしているはずだ。神奈川県警のサイバー犯罪担当の桐野のブログを見るのも不思議なことではない。しかし、美乃里のどうでもいいブログを警視庁が監視しているとは思わなかった。美乃里がＭに狙われていることを、警視庁でも把握しているのかもしれない。

さらにもう一つは、桐野もよく知る人物だった。

森岡一。

桐野と美乃里の共通の知人である森岡が、桐野と美乃里の新しいブログを見ているのは、不思議なことではなかった。さらに森岡のセキュリティ会社が、ビットマネー社の仕事も請け負っているし、そもそも森岡だったらＪＫ16である神宮寺紗綾子の個人ブログはチェックしているだろう。

そしてもう一つ、神宮寺紗綾子の個人ブログ、桐野のサイバー日記、そして美乃里のどうでもいい読書感想ブログの三つのアドレスを、共通かつ頻繁に訪れていたＩＰアドレスがあった。

宮園直樹《みやぞのなおき》。

プロバイダーからはそんな人物の名前が返ってきた。

「こいつが、Mですかね」

浦井の言葉に桐野は首を縦に振る。

桐野はプロバイダーから得た宮園の個人情報を本部に伝え、その人物の特定を頼んだ。しかし宮園直樹という人物は実在しなかった。どうやら宮園直樹は仮名らしく、プロバイダーとの契約もその架空の人物の名前でなされていたようだ。

しかしメールアドレスは実在し、今も頻繁に利用されているようだった。

「ここに遠隔操作ウィルスを送り付けてみましょうか。僕のウィルスは自作なんで、アンチウィルスソフトには引っかからないと思いますよ」

浦井がそう提案する。

ダークウェブなどで安く売られている既成のマルウェアは、セキュリティソフトで駆逐されてしまうことが多い。しかしまだ対策が立てられていない新しい自作のウィルスは、弾かれない可能性は確かに高い。

「警察はMの顔写真が欲しいんですよね」

桐野はかつて、そんなことを浦井に言ったことを思い出して頷いた。いくらIPアドレスがわかったところで、そのパソコンを操作している人物が特定できなければ意味はない。

「もちろん欲しい。何か良い方法でもあるのか」

その顔写真が手に入れば、事件は一気に解決に向かう。

「最近、僕の遠隔操作ウィルスを改良して、クリックした瞬間に相手のパソコンのカメラを作動させる機能をつけたんですよ。これならば相手の顔写真も、ばっちり入手できますよ」

浦井が白い歯を見せてニヤリと笑う。不気味に光った眼差しが、桐野の背筋を寒くさせる。この男にかかったら、どんなに優秀なサイバー担当でも簡単に個人情報を抜かれてしまうだろう。

「どうしますか」

「しかし、さすがに引っかからないだろう。見ず知らずの人物のメールを、Mともあろう男が開くとは思えない」

「確かにそうですね。じゃあ、偽のホームページに誘導しますか」

「それもかなり巧妙にやらないと難しいだろうな」

「桐野さんが協力してくれれば、簡単ですよ」

浦井は不敵な笑みを浮かべてそう言った。

「俺が？　俺がどう協力すればいいんだ」

「次の桐野さんのサイバー日記のブログにリンクを張るんです。神奈川県警のホームページにリンクされたその先に、まさかウィルスが仕込まれているなんて、絶対に誰も思いませんから」

確かに、それならば行けるかもしれない。

しかし、ばれたら一大スキャンダルだ。

桐野はそのリスクを考える。

「とても上には言えないな」

浦井は一瞬考える。

しかし、すぐに再び不気味な笑みを取り戻す。

「わかりました。私の一存でやったことにしましょう。いや、そもそも今の話は聞かなかったことにしてください。私が桐野さんの日記をクラッキングして改ざんするだけの話ですから」

桐野はそれには答えなかったが、本当にそれで良いのか自問する。

C

「再度調査した結果でも、御社の社員の中で今回の仮想通貨流出事件で、犯人に内通していう人物はいませんでした」

森岡と美乃里は、再び池袋のビットマネー社を訪れた。長い黒髪の美人秘書が、コーヒーをサーブして部屋を出た後に、森岡はその調査結果を報告した。

「これがその報告書です」

森岡は数十ページに及ぶ報告書を久保田に差し出し、調査のさらに詳しい結果を報告した。

「それを聞いて安心しました。いや決して社員を疑っていたわけではないのですが、やはりあんなにタイミングよくやられると、ついつい疑心暗鬼になってしまいまして」

実は随分前に、内部犯行者がいないことは報告していた。しかし久保田から、再度全社員の調査を依頼されたので、それで随分と時間がかかってしまった。

「心中お察しします。もう少し早くご報告に来ればよかったのですが、念には念を入れたかったもので」

念には念を入れてとは言うが、あの忙しい森岡が全社員を対象としたこの調査をいつやったのか。美乃里としてはそっちの方が不思議だった。

「いや、ありがとうございます。それで調査費はいくらほどお支払いすればいいでしょうか」

「これが請求書です」

森岡が細い封筒を手渡すと、素早く久保田が中身を確認する。

「久保田副社長。御社は流出してしまった仮想通貨を全額補償すると発表しましたが、正直、資金繰りの方は大丈夫なんですか」

言いづらそうに森岡がそう切り出した。今回の調査費は、場合によっては大幅なディスカウントもあり得ると、来る途中のタクシーの中で森岡は嘆いていた。

「実は何とかなりそうです」

「本当ですか」

思わず美乃里も反応してしまった。

「大丈夫ですよ。美乃里さん」

久保田の黒い顔に白い歯が光る。

「マスコミには色々言われていますが、何しろ今は空前の仮想通貨ブームですからね。被害額は確かに凄い金額ですが、今までの内部留保とかもありますから。何とか被害者の方には、ご迷惑をお掛けしないですみそうです」

「それを聞いて、私も安心しました」

森岡がそう言うと会議室に笑いが起こった。五八〇億円もの被害を受けたと報道されながらも、今一つ悲惨さを感じさせなかったのは、それほどまでにこの会社が儲《もう》かっていたからなのかと納得する。美乃里もほっと胸を撫で下ろし、テーブルの上のコーヒーを口にする。

「ところで久保田副社長。宮園直樹という名前に心当たりはありますか」

「宮園直樹？　いや、初めて聞く名前ですね。その人物がどうかしましたか」

久保田が怪訝な表情をして訊ねる。

「いや、今回の件で、もう一度御社のネットワークを調べさせてもらったのですが、今言った名前の人物が、御社のネットワークに侵入し遠隔操作ウィルスを感染させていました」

それは美乃里も初耳だった。

「本当ですか。事件以来、セキュリティを強化したのに」

「標的型メール攻撃を使ったのかもしれません。取引先や顧客を装ってメールを送られたら、なかなかそれを見抜くのは難しいですからね。そのメールはその場の私の判断で削除してしまいましたが、それでよろしかったでしょうか」

「もちろんです」

久保田は首を大きく縦に振った。

「御社は今、良くも悪くも非常に注目されていますから、クラッカーの格好の標的になっているのかもしれません。半分腕試しのつもりで、潜入しようとする輩もいますからね」

「いい迷惑です。しかしいつぐらいから、その宮園という人物は、当社のネットワークに潜入していたんですか」

「さあ、詳しいことはわかりませんが、その人物が今回の仮想通貨流出と関係している可能性もありますよ」

B

男は自宅に戻りパソコンを立ち上げると、松田美乃里のブログをチェックする。

美乃里の行動は、スマホに仕掛けた遠隔操作ウィルスで随時チェックはしていたが、最近、電源が切られていることが多かった。ひょっとするとウィルスを仕掛けたことがばれてしまったのではないだろうか。そんなことを心配していた矢先に、この美乃里のブログがはじまった。

男は何台かのパソコンを持っていたが、今立ち上げたこのパソコンの存在は、誰にも知られるわけにはいかなかった。男はこのパソコンから、違法行為でもある数々のハッキングを行っていたからだ。男が秘密にしなければいけないことは数多くあったが、桐野と美乃里の監視も、絶対に相手に気づかれるわけにはいかなかった。

美乃里のブログには、最近読みはじめたミステリー小説の感想が書いてあった。普通、本の感想のブログは全部読み切ったところで上げるものだが、彼女の場合は読んだところまでの途中途中の感想を書くという変わったものだった。一日に必ず一度更新されるそのブログは、まるで一緒にそのミステリーを読んでいるようで新鮮ではあった。

しかしなぜ、急にこんなブログをはじめたのだろうか。

男はそれを不思議に思っていた。

次に男は、神奈川県警のホームページに飛んで、桐野のブログをチェックする。

桐野のこの「サイバー刑事日記」は、ダークウェブ上で話題になっていた。そのブログを担当している神奈川県警のサイバー犯罪対策課の桐野良一は、丹沢のシリアルキラーの浦井光治と絡んでいるらしく、さらに同じく丹沢で死体が発見されたＪＫ16の殺人事件にも関与しているらしい。そして、ＪＫ16を殺害し、さらに五八〇億円の仮想通貨流出事件の黒幕かもしれないＭを、ほぼ特定できたという噂もダークウェブ上では書き込まれていた。

『丹沢の連続殺人事件に関する神奈川県警からのお願い』

そこにそんなリンクが張られていた。

今までこのブログは、フィッシングメールやランサムウェアの実例とともに、どうやってその被害を防ぐかといった啓蒙的な内容だった。しかし、急に個別の事件のことが書かれているのを奇異に感じた。

しかもあの丹沢の連続殺人事件に関してだ。

今さら一般人に何の協力を求めるのだろうか。しかもそれが県警のホームページのトップに載っているのならばまだわかるが、こんなサイバー担当のブログの中に張られているとはどういうことなのか。

男はそのテキストリンクをクリックする。

『丹沢での連続殺人事件に関する情報をお寄せください。犯人はネットに精通している可能性が高く、三年ほど前はMと名乗っていました。どんなに小さなことでも構いません。下記電話番号、Eメールの場合は、下記のフォームより情報をお寄せください。よろしくお願いします』

男は腕を組んで頭を捻る。

この程度の情報を募集するために、なぜ、わざわざこんなリンクを作ったのだろうか。

県警を装ったダミーのホームページに誘導されたか。

男は一瞬そんなことも考えたが、このホームページが確かに神奈川県警のものであるのを確認すると、さらにもう一度頭を捻った。

C

『美乃里。今日、おふくろが救急車で運ばれたらしい。心配だから見に行ってくれないか。病院はこの間と同じだから』

そんな桐野のメールが、美乃里のピンクのスマホに着信した。

果たして、このメールは本物だろうか。

桐野からさんざん自分のなりすましに気を付けるように言われていた。だからこの文面を見ても、俄《にわ》かには信じられなかった。

「あ、良ちゃん。お母さんが救急車で運ばれたっていうメールが来たけど」

美乃里は早速二台目の黒いスマホを使って、桐野に連絡を入れる。

『ああ、そうなんだ。ちょっと立ち眩《くら》みがして、駅で階段から落ちたらしい』

心配そうな桐野の声が聞こえてきた。

どうやら桐野の母親が救急車で運ばれたのは事実のようだ。一瞬、そのメールを疑った自分に、美乃里は少しだけ罪悪感を覚える。

「そうなんだ。それは心配だね」

『美乃里、頼む。相変わらず捜査が忙しくて、全然、時間がないんだ。申し訳ないが、また病院に行って様子を見てきてくれないかな』

桐野は本当に忙しそうだった。ブログを書いてくれと喫茶店で頼まれてから、まだ一度も会っていない。

「オッケー。今日にでもお見舞いに行ってくる」

『ありがとう。電話では、大した怪我じゃないって言うんだけど、おふくろもああ見えて結構な年齢だし。実の息子には妙に強がって、大事なことを隠しているようで心配なんだ』

「例の病気のこともあるしね」

美乃里も、ここではガンという言葉を使うのは控えた。

『そうなんだ。俺に心配かけちゃいけないとか思ってるんじゃないかな』

美乃里はだんだんこの親子の特殊な関係性を理解できるようになっていた。母子家庭のせいか、この親子の結びつきは確かに強いのだが、気を使いすぎるというか、互いに厳しすぎるというか、普通の親子間にある甘さみたいなものが欠落していた。有り余る愛情の下、甘すぎる環境の中で育ってきた美乃里には、この二人の関係が歯がゆかった。

「わかった、それとなく様子を見てくるから。それはそうと、良ちゃん。私のブログ、あんな感じで大丈夫？　敢えて面白くしていないんだけど」

桐野に頼まれたブログも、開始して二週間以上たっていた。

『いや、結構、面白いよ』

「そうかな」

『まあ、少なくとも斬新だね。美乃里、捜査に協力してくれて、本当にありがとう』

　本当に捜査に協力できているのか実感はなかったが、大好きな桐野にそう言われると思わず美乃里の頬が綻ぶ。

「じゃあ頑張って、また今日も更新するから」

『ありがとう。それはそうと、美乃里の周辺で何か危険なこととか起こっていないか』

　桐野にボディガードを付けてもらっていながら、美乃里の周囲には何の変化も起こらなかった。最近では、ちょっと拍子抜けな気分にもなっていた。

「何もないよ。ごくごく平凡な毎日だよ。なんか悪いから、ボディガードも必要最小限にしてもらってるけど」

『そこは遠慮しなくていいよ。例の脅迫メールが届いたのは事実なんだから。あれから、美乃里のところに変なメールとか来ていない？　誰かのなりすましとかの』

「うーん、オンラインショッピングとか、フィッシング詐欺っぽいメールならば、毎日、何通も来てるけどね」

『そんなメールは大丈夫だと思うけど、親や家族、友達になりすましてMが接触してくるかもしれないから、それだけはくれぐれも気を付けてね。怪しいと思ったら、すぐに電話だからね』

A

「関西空港からシリアに飛んだアフマド・イブラヒーム、サージダ・アッラーウィー、アブドゥルアズィーズ・サリームの三人のDNAが、JK16こと神宮寺紗綾子の膣内に残された精子のDNAと一致した。すぐにその三人を強姦《ごうかん》殺人の容疑でインターポールに手配をした」

斉藤本部長のその言葉で、捜査会議ははじまった。

「周辺の聞き込みの結果、その三人と殺された神宮寺紗綾子とは、直接的な接点は何もなかった。おそらく三人は、ネット上で雇われたものと考えられる。我々はその三人に神宮寺紗綾子の殺害を依頼し、我々警察に犯行声明のメールを送り付けた人物の捜査を引き続き行っていく」

実行犯は特定されたが、既に海外に逃亡してしまった。結局、捜査本部は国内でのM捜しという振り出しに戻った。

「JK16を殺害したと思われる三人のイラク人ですが、入国したのは半年前でした。

三人を知る関係者によれば、最近では主に麻薬の売買をやっていたらしいです。結構、ITには長けていたらしく、物の仕入れや客の獲得はインターネット上で行っていたそうです」

後藤が手帳を見ながらそう報告する。

「桐野。彼らに接触してきた奴のIPアドレスはわからないのか」

いきなり斉藤からそう訊ねられた。

「実行犯のパソコンやスマホがあれば調べられるかもしれません。しかしそれでも匿名通信を使っていたら、接触してきた相手のIPアドレスはわかりません」

「Ｔｏｒの匿名ネットワークっていうのは、そんな一般人にも使えてしまうのか」

「ソフト自体は違法ではありませんので十分に可能です。ちょっとコツを覚えれば、一般人でも使えないことはありません。しかしそもそもその三人のイラク人を、ただの不良外国人とは思わない方がいいと思います」

「どういうことだ」

「イスラム国のテロリストも、Ｔｏｒで連絡を取り合っていました。中南米やロシアのマフィアをはじめ、国際的な犯罪者集団でＴｏｒを使う連中はたくさんいます。むしろその三人は、日本に来る前からＴｏｒの使い方を熟知していた可能性があります」

会議室にざわめきが起こった。

「その三人のイラク人を雇ってJK16を殺させたのは、本当にMと考えていいんでしょうか。模倣犯の可能性だってありますよね」

後藤がそう訊ねる。

「犯行声明はマスコミに発表する前に送られてきたから、Mを名乗るその人物がJK16殺害に密接に絡んでいることは間違いない。さらにビットマネー社から流出した五八〇億円の仮想通貨にこのJK16が絡んでいることから、警視庁もMに相当な関心を持っている。警視庁は五八〇億円の仮想通貨を流出させたのは、このMだと考えている」

まあ、そう考えるのが妥当だろうなと桐野も思った。

「警視庁は、Mをどの程度捕捉しているのでしょうか」

桐野は右手を挙げてそう訊ねる。

「俺も執拗に訊ねたが、どうにも歯切れが悪かった。警視庁は何も摑めていないのかもしれないな。今後、神宮寺紗綾子に関しては、警視庁との合同捜査となるかもしれないから、その辺の情報はおいおいわかるだろう」

斉藤本部長はそうは言うものの、神奈川で起こった連続殺人と、東京で起こった仮想通貨流出事件は、根本的に事件の性格が異なる。本当に上手く連携が取れるのだろうかと桐野は思った。

「警視庁は、Ｔｏｒの最終ノードでも押さえたんでしょうか」

　桐野はそのことが気になっていた。

「最終ノード？　何だそりゃ」

「最終ノードとは、犯人のパソコンに繋がった最後のサーバーということです。Ｔｏｒは世界中の色々なサーバーを経由してその発信源を秘匿します。しかし犯人のパソコンに繋がる最後のサーバーを押さえれば、Ｔｏｒとはいえ絶対ではありません。犯人を特定することができます」

　Ｔｏｒはネットワークを維持するために、多数のサーバーが必要だった。そこで世界中の協力者からボランティアでサーバーを提供してもらい、それらを使用してネットワークを構築していた。その中には、ＦＢＩや各国の諜報機関がダミーで提供しているサーバーもあり、たまたま偶然ではあるが、それらのダミーサーバーがＴｏｒの最終ノードとなることがあった。それにより、決定的な秘密が漏洩してしまうことが少なからずある。

「そんな話は聞いていないな。むしろ一〇〇人態勢で追いかけたものの、ＩＰアドレス一つ特定できなかったようなことを言ってたからな」

　警視庁のサイバー作戦隊は、神奈川県警のそれよりも数倍の規模を誇る。その組織をもってしても、Ｍを追い切れないようだった。

「斉藤本部長。丹沢山中で発見された最後の男の身元はまだわかりませんか」

毒島が突然そう訊ねる。

「依然不明だ。それより毒島、神奈川県西部の中学校のパソコン部で、何かわかったことはあったのか」

「今のところ収穫はなしです。しかしあと数日で、行方がわからないとある天才の関係者に会える予定です」

「とある天才の関係者？　本当にそんな捜査でMに辿り着けるのか」

会議室の視線が、ヨレヨレの背広を着た中年の刑事に集中する。

「パソコン部ネットワークは独特な繋がりがあります。まんざら無駄な作業とも思えません。もう少しやらせてください」

C

「美乃里さん。そんな大袈裟《おおげさ》にお見舞いになんか来なくてもよかったのに」

桐野の母親はそう言って笑ったが、大きく脚に巻かれた包帯が痛々しかった。以前お見舞いをした時よりも、桐野の母親は大分疲れているように見えた。

「駅の階段から落ちたんですよね」

美乃里は持参したフルーツのバスケットを机に置くと、そう言いながら左脚に巻かれた包帯をまじまじと見る。

「そうなのよ。ちょっと立ち眩みがしたと思ったら、足を踏み外しちゃって。すぐ近くに交番があったものだからお巡りさんが来ちゃって、念のために救急車を呼びましょうってことになっちゃったのよ」

「でも足を骨折していたんですよね」

「ちょっとだけだけどね」

脚に巻かれた包帯を見ると、ちょっとだけとは思えなかった。

「しばらく入院するんですか」

「はっきりしたことはわからないの。だけど簡単ではあるんだけど、手術をしなくてはいけないらしいの。それが嫌だわ」

「え、手術までするんですか」

「そうなのよ。この年になるとちょっとしたことで骨が折れやすくなっちゃってね」

桐野の母親は力ない笑顔を見せた。

骨粗鬆症《こっそしょう》という言葉を、美乃里は思い出した。美乃里の叔母がそれになって、何回も骨折を繰り返していた。

「手術の件は、良一には内緒にしておいてね。心配するといけないから」

「はあ……」

さすがに実の親の手術を、伝えないわけにはいかないだろう。何でこの親子はそんなところにまで気を遣うのだろうか。

「しかし暫くは、大変ですね」

「そうね。良一も大きな事件の捜査本部に配属されているからね。美乃里さんも、全然、会えてないんじゃないの」

「ええ、まあ」

前回、桐野と会ったのはいつだっただろうか。

「私は刑事の妻だったから、その異常性は理解できてるけど、美乃里さんみたいな若い人には、ちょっと酷な話かもね」

確かに桐野が捜査本部に配属されてから、ますます会う機会は減っていた。美乃里もそこは不満だったが、桐野の仕事のことを考えれば、文句も言えない。

「私は大丈夫です。でもお母さんもこうなると、結構、身の回りのこととか大変ですよね」

「そうね。でもまあ、何とかなるわよ」

桐野の母親が寂しそうにそう言った。

「お母さん、私に任せてください。良一さんも忙しいんで、私が代わってお母さんのお世話をさせていただきます」

A

「桐野さん。こいつが宮園です」

浦井に見せられたパソコンのモニターには、眠そうな目をした男が写っている。浦井が仕掛けた遠隔操作ウィルスで、遂にMらしき男の顔写真が入手できた。用心深かったこの男も、遂に浦井の狡猾《こうかつ》な罠に嵌まってしまったのだ。

「四〇代前半かな。Mはもっと若いかと思っていたが」

「どうなんでしょうか。この事件全体の黒幕だとすれば、若いという先入観を持つのは正しくはありませんね」

浦井のその一言に、先入観を持ちすぎると言われがちな自分の捜査姿勢を反省する。

「確かにそうかもしれない」

「もっともMはアノニマスみたいなクラッカーの秘密結社という噂もありますから。この人物はネットで情報蒐集する役割の下っ端の可能性もあります。しかしいずれにせよ、この男が執拗に桐野さんと恋人の美乃里さんのブログを監視しているのは間違いありません」

桐野はその眠そうな目をした男を凝視する。この男のこの目の特徴ならば、一度、見掛ければ忘れはしないはずだ。自分はこの男を街角で見掛けたことがないだろうかと考える。

「住所や名前が偽物でも、この写真さえあればこの人物を捕まえられますね。この写真を公開すれば、一件落着なんじゃないですか」

桐野は腕を組んで考える。

「それがそう簡単にはいかないんだな」

意外そうな顔をして、浦井が桐野の顔を見る。

「どうしてですか」

「違法に入手した証拠は裁判では使えないように、この人物の写真をマスコミに公表して犯人の情報を募ることはできない」

「警察って面倒くさいですね。そんなことを言っていたら、ハッキングなんてできませんよ」

「そうなんだ。サイバー犯罪を捜査していると、どうしてもそこに壁を感じてしまう。絶対に法律で雁字《がんじ》搦《がら》めに縛られているから、むしろサイバー犯罪の捜査は民間がやった方がいいのかもしれない」

浦井も無言で頷く。日本の警察がサイバー犯罪に後手に回ってしまうのも、それが一つの要因でもあった。

「でもMに一歩近づいたのは紛れもない事実だ。浦井、その画像をプリントアウトして、同時にデータを俺のスマホに送ってくれ」

「わかりました」

しかしこの眠そうな目をした男を、どうやって追いかけるか。

IPアドレスから、この男の出没しそうな場所はある程度特定できる。そして周辺の防犯カメラを徹底的に洗い、そこにこの男が映っていれば後は人海戦術だ。大量の捜査員を駅や人通りの多いところに張り込ませ、直接この人物を捜し出し職質する。

プリンターから吐き出される眠そうな目をした男の顔を見つめながら、桐野はそんなことを考えていた。

その時、桐野のスマホが鳴った。

ディスプレイを見ると、生活安全部の桜井部長からの電話だった。

『桐野、大変だ。今すぐ、県警のホームページを見れるか』

「はい。見れますが」

桐野は目の前にある自分のパソコンに目をやった。

『すぐに見てくれ。県警のホームページが改ざんされた』

「何ですって」

『そこに俺たちの家族の殺害予告が載っている』

第五章

A

『神奈川県警の幹部とすべてのサイバー担当者に警告する。今から三日以内に、お前たちの大切な家族や恋人を殺害する。M』

桐野が急いで県警のホームページを開くと、そこにそう表示されていた。ページは固定されていて、上下にスクロールしても動かない。

「何ですかこれは」

『わからん。ホームページが改ざんされているという市民の通報があったんだ。今、上も下も大騒ぎだ』

Mが真っ向から警察に挑んできたということなのか。

「警察幹部やサイバー担当者本人の殺害予告ではないんですね」

『そうなんだ。家族や恋人となると、どうにも防ぎようがない』

卑劣な奴だと桐野は思った。しかしバカではない。この犯人は人が何をされると最も恐怖を感じるか、その心理を十分に知り尽くしている。

「これは本当に、Mの仕業ですかね」

『それもわからん。しかしお前の恋人のことが気になって、すぐに電話をしたんだ』

美乃里の顔が脳裏をよぎった。この犯人がMを名乗っている以上、今、一番危ないのは美乃里だろう。

「しかしすべてのサイバー担当者とある以上、桜井部長の家族も対象に入っているということですかね」

『ああ。それで心配になって、さっき俺も家に電話をしたところだ』

県警幹部とサイバー担当者の家族に警備を付けることも検討したが、対象者があまりに多く現実的ではないという結論だったらしい。各自にこうやって電話をして、家族や恋人に注意を促すぐらいしか、今のところは打つ手がない。むしろ美乃里にはボディガードが付いているので、安全な方かもしれなかった。

「部長。すぐにこのホームページをシャットダウンしてください」

『そうしたいところなんだが、今、その辺のことがわかる部員がいないんだ。桐野、至急ここに来てくれないか』

部長からの電話を切ると、桐野はすぐにエレベーターホールに向かった。下りのエレベーターを待つ僅かな時間の間に、美乃里の二台目のスマホに電話を入れる。

一回、二回……、十回、呼び出し音が鳴ったところで、電話は留守電に切り替わった。ピーという音とともに、桐野は一気にメッセージを吹き込んだ。

「神奈川県警のホームページが改ざんされて、サイバー担当の家族や恋人に対する殺害予告が表示されている。犯人はMを名乗っているので、美乃里、くれぐれも気を付けて。特に俺を含めたなりすましのメールには引っかからないように」

エレベーターが到着しまさに乗り込もうとした時、桐野の背後から声がした。

「桐野さん。この改ざんされたホームページ、マルウェアをばら撒《ま》いていますよ」

「何だって」

ホームページを改ざんして、さらにそこから悪質なコンピューターウィルスなどに感染させるのは、クラッカーの常套手段だった。

「何のマルウェアだ」

ホームページの改ざんだけでも、県警の顔に泥を塗られたようなものだ。さらにそれを閲覧しにきたパソコンやスマホに、マルウェアをばら撒くとは、桐野は犯人の狡猾さに舌を巻いた。

「今、調べています」

その時、桐野のスマホが鳴った。ディスプレイを見ると美乃里からだった。エレベーターをやり過ごして、その通話ボタンを押した。

『良ちゃん、わたし。美乃里だけど』

美乃里の声を聞いて、桐野はとりあえず胸を撫で下ろす。

「県警のホームページに殺害予告が出たんだ」

会議室の浦井の様子を窺いながら、桐野は小声でそう言った。

『今、このスマホで見た』

「そういうわけだから、くれぐれも気を付けて」

『わかった。良ちゃんも気を付けて』

「ありがとう。あとMらしき人物の顔がわかったんで、すぐにデータで送るよ」

桐野のスマホに、眠そうな目をした男の画像データが転送されていた。

「まだその画像の男が本当にMだとわかったわけじゃないんだけど、とにかくその顔の男には気を付けて」

『うん、わかった』

桐野はスマホを切ると、素早く眠そうな目をした男の画像を美乃里に転送する。次に来たエレベーターに乗り込もうとすると、背後で再び浦井の声がした。

「桐野さん、ばら撒かれているマルウェアの種類がわかりました」

桐野は思わず振り返った。

「時限型のランサムウェアです」

桐野が生活安全部にやってくると、そこは大混乱に陥っていた。

ほとんどのパソコンがランサムウェアに乗っ取られていて、同じ画面がディスプレイに表示されていた。それらのパソコンは、殺人予告が表示された三分後ぐらいに、急にこのランサムウェアの画像に切り替わって、動かなくなってしまったそうだ。桐野が桜井部長に言われてホームページを見てしまったように、クチコミで被害が拡大されるため、ただのランサムウェアよりも質《たち》が悪い。

『これを解除して欲しければ、五万円を支払いなさい。さもなければ、三日以内にすべてのデータを消去します。M』

支払方法として、仮想通貨の取引所にリンクするバナーが張られていた。

ランサムウェアはメールから感染するものと、ホームページから感染するものの二通りある。メールからの感染は添付ファイルを開かなければ大丈夫だが、今回のようにホームページが改ざんされてしまえば、それを表示させただけで感染してしまう。

「最近のランサムウェアは金を払えば、データを回復してくれるものが多いそうです。いっそここは身代金を払ってしまえばいいんじゃないですか」

「バカを言うな。警察が犯人に金を払うわけにはいかないだろう」

若い部員の提案を、桜井は烈火のごとく否定する。

「しかしこれじゃあ仕事になりません。データが消えたら、他の事件の犯人だって捕まえられなくなりますよ」

その意見にも一理あり、桜井は渋い表情で大きく唸った。

「とにかく、全職員にホームページを見ないように通達しろ。これ以上の感染は命取りだ。一刻も早くサーバーをシャットダウンするんだ。このままではこれを見た一般市民も、ランサムウェアに感染してしまうんだぞ」

「しかしシャットダウンしようにも、この部屋にあるパソコンは全部ロックされています」

ランサムウェアには、パソコンの中のファイルだけを狙って暗号化してしまうタイプと、パソコン自体を動かなくしてしまうタイプの二つにわかれる。このランサムウェアは、パソコン自体を動かなくしてしまうタイプで、部にあったパソコンは同じ脅迫文を表示したまま固まっていた。

「誰か何とかならないのか。桐野はどうした」

あまりの混乱に、桜井は桐野がすぐ背後にいることに気づいていなかった。

「大丈夫です。地下のサーバールームでサーバー自体を遮断しました。もう、これで県警のホームページにアクセスしても、殺人予告のホームページには行きませんし、ランサムウェアに感染する心配もありません」

桐野の声に部屋中の視線が集中する。

県警本庁舎では、すべてのサーバーが地下三階で集中管理されていた。桐野はここ生活安全部に来る前に、サーバールームに直行し、県警のホームページのサーバーを手動でシャットダウンした。

ホームページを管理している生活安全部の部員でも、サーバーの保管場所を知っている人間は少なかった。さらにその部屋の鍵の在処《ありか》を知っていて、かつどのサーバーがホームページ用に使われているのかを知るものはほとんどいない。なぜならば、そうしないとサーバーの安全が保てないからだった。サーバーは人がいない場所に設置されることが多い。従って悪意のある誰かがそこに忍び込み、直接サーバーからデータを盗んだり、勝手に操作をしてしまえばそれを防ぐ術はない。

「重村《しげむら》本部長のスマホが繋がりません」

「牧田警務部長もです」

スマホから県警のホームページを見た職員は、当然、そのスマホがやられていた。県警ナンバー1の重村とナンバー2の牧田も、自分のスマホでこのホームページの改ざんを確認してしまったようだった。

「他の部署にも連絡して、被害状況を報告しろ。桐野、ランサムウェアはタイプによっては、元通りに復元できるよな。このランサムウェアはどんなタイプだ」

「調べてみないとわかりません。どこかにロックされていないパソコンはありませんか」

桐野の言葉を受けて、若い部員がパソコンを探しに部屋を飛び出していった。

「桐野。しかしあのホームページの殺害予告は、このランサムウェアを拡散させるための罠だったんだろうか」

家族が標的に含まれている桜井の顔色が冴えない。桜井には一歳と四歳の二人の子供がいた。

「そうであって欲しいですね。ランサムウェアも大事件ですが、所詮は金の問題です。しかし家族や大事な人の命を狙われるのは堪らないですから」

「確か、あの殺人予告には、三日以内に殺すって書いてあったよな」

桜井は心配そうな顔をしてそう言った。

「そうです。そしてこのランサムウェアの支払い期限も、三日以内ですよね」

『……三日以内にすべてのデータを消去します M』

ランサムウェアに乗っ取られたパソコンのディスプレイを二人は見つめる。

「これは、ただの偶然だろうか」

このホームページの改ざんとランサムウェアの攻撃が本当にMの仕業ならば、その目的は何だろうか。ランサムウェアの混乱の中、警察幹部やサイバー関係者の家族を殺す。それがMの本当の目的であれば、警察組織が大混乱する中で、多くの警察関係者の家族や恋人を守り切れるものではない。

生活安全部だけでなく、刑事部や警備部など、県警の他の部署にもランサムウェアの被害は広がっていた。このランサムウェアが復元不可能なタイプで、かつ警察として身代金を払えないと判断したら、警察の捜査能力は壊滅的に低下する。さらに重要なデータが消えてしまえば、他の事件に関する影響も計り知れない。Mの目的は、この神奈川県警自体を人質にとることなのだろうか。

「桐野さん。感染していないパソコンが一台ありました」

若手部員が持ってきたノートパソコンを立ち上げると、桐野はすぐに『Ｎｏ　Ｍｏｒｅ　Ｒａｎｓｏｍ』のホームページに飛ぶ。これはオランダ警察、ユーロポール、そして海外の大手セキュリティ会社が連携して作ったランサムウェア撲滅のためのホームページだった。これを使えば感染してしまったランサムウェアがどのタイプで、それに有効な復元ツールがあるかも教えてくれる。

「桐野さん。警視庁のサイバー担当者から電話です」

若い部員が電話を片手にそう叫ぶ。

「今、手が離せない。用件を聞いといてくれ」

桐野は両手を忙しく動かす。『Ｎｏ　Ｍｏｒｅ　Ｒａｎｓｏｍ』で復元ツールが見つかれば、一件落着だ。しかし、おそらくこれは全く新しいランサムウェアだと予測していた。Mともあろう男が、そんな既存のランサムウェアを使うとは思えない。

「桐野さん。警視庁のホームページもMの殺害予告に改ざんされ、そしてランサムウェアでロックされてしまったそうです。これを復元できるツールが神奈川県警にないかという問合せです」

電話を片手にそう叫ぶ若い部員を振り返ると、横で電話を取っていた別の部員が声を荒らげた。

「桐野さん。大阪府警からランサムウェアに関しての問合せです」

C

『神奈川県警の幹部とすべてのサイバー担当者に警告する。今から三日以内に、お前たちの大切な家族や恋人を殺害する。M』

美乃里は会社に向かう途中の京浜《けいひん》急行線の中で、そのメッセージを目にした。

桐野の母親の病状を桐野本人にどう伝えるべきか悩んでいたら、その桐野から電話があった。思わず車内でも電話に出てしまおうかと思ったが、躊躇《ちゅうちょ》している内に留守電に切り替わった。すぐに留守電のメッセージを聞いて、神奈川県警のホームページを見るとそこにその殺害予告が載っていた。

『桐野、手を引け。さもないと美乃里を山に埋めるぞ。M』

以前、Mから届いた脅迫メールを思い出して、美乃里の背筋が凍りついた。

暫く何も起こらなかったので安心していたが、このホームページの文言は、まさに自分に向けられているのではないだろうか。

横浜駅で根岸線に乗り換える時に、すかさず桐野のスマホに電話をする。

『県警のホームページに殺害予告が出たんだ』

「うん。今、このスマホで見た」

『そういうわけだから、くれぐれも気を付けて』

桐野の電話を切った後、JR横浜駅の階段を登る。

そして根岸《ねぎし》線下りホームに立ち、電車を待っている時に、ふと後ろから押されるのではと恐怖を感じた。思わず周囲を見回して、美乃里は線路から遠ざかった。

非常に危険なことが我が身に迫っている気がした。しかしその一方で、一緒にいるボディガードの若い刑事が真剣な表情で周囲を監視してくれている。冷静に考えれば、こんな白昼のしかも人目の多いところで、誰かに襲われるとは思えない。

やがて下りのホームに水色の根岸線が入ってきた。扉が開くと、大量の乗客が降りてきて、さらに大量の乗客が乗り込んでいく。美乃里も若い刑事とともに乗り込むと、目の前の席が一つだけ空いていたのでそこに腰かける。

気がつくとスマホに、桐野から新しいメールが着信していた。

『この男がMかもしれない』

メッセージとともに添付ファイルが添えられていた。すぐに開くと、一人の眠そうな目をした男の画像が現れた。老け顔なのか、ちょっと実年齢がわかりにくいタイプだった。

美乃里はその顔に特に見覚えはなかった。

「桐野さんから、Mらしき人物の画像が送られてきたんですけど」

美乃里の目に前に立っているボディガードの若い刑事に、スマホごとその画像を見せる。

「どこかで見たような気がしますね」

「え、本当ですか」

さすがプロだ。美乃里は全く見覚えがなかったが、刑事の彼はどこかでこの画像の男を見掛けていたらしい。

あの眠そうな目をした男を、自分もどこかで見掛けただろうか。

美乃里は記憶を遡る。

しかし、その顔をやはり見た記憶はない。

もう一度画像を確認しようとスマホを見ると、いつの間にかさっきとは全然違う画面になっていた。

『これを解除して欲しければ、五万円を支払いなさい。さもなければ、三日以内にすべてのデータを消去します。M』

なんなの、これ。

一瞬、頭がパニックになった。

画面のどこをタップしても、その表示は微動だにしない。

さすがに美乃里もセキュリティ会社の社員なので、すぐに自分のスマホがランサムウェアの餌食になってしまったことを理解した。美乃里のスマホには会社の製品でもある最新型のアンチウィルスソフトが入っているが、それを突破してしまう新種のランサムウェアなのだろう。

美乃里は一回電源をオフにして、スマホを再起動させてみる。

いつこのランサムウェアに感染したのだろうか。さっきの眠そうな男の画像を開いたのがまずかったのか。それともあの殺人予告のホームページだろうか。

スマホが再起動するのを待ちながらそんなことを考えていると、電車が桜木町駅に到着し車内の乗客が降りていく。その時、ボディガードの若い刑事が、美乃里の耳元で囁いた。

「美乃里さん。二つ先の左の扉を見てください」

言われるがままにそこに視線を移すと、美乃里はあまりの恐怖に戦慄する。

さっきスマホで見たばかりのあの眠そうな目をした男が、扉の前に立っていた。

「そんなにじっと見ないで」

ボディガードの刑事にそう言われて美乃里は大きく目を逸《そ》らすが、一瞬、男と目が合ってしまった。

「さっきの画像の男ですよね」

美乃里は震えながらも黙って小さく頷いた。

発車を告げるアナウンスが車内に流れる。眠そうな目をした男はこちらの異変を察したのか、逃げるように車両から出ていった。

「私はあの男を追いますから、美乃里さんはそのまま会社に行ってください。そして何かあったら、必ず電話をください」

若い刑事はそう言い残すと、扉が閉まる寸前に車両から飛び出して、桜木町駅のホームを駆け出した。同時にドアが閉まり、美乃里を乗せた電車が動き出す。

Mらしき男が自分のすぐ近くに出没していた。

もはや危険が自分のすぐ近くまで迫っているということか。

とにかく桐野に連絡しよう。

そう思い黒いスマホを見るが、再起動してもスマホはランサムウェアにロックされたままだった。ならばもう一台のスマホだと思い、そのピンクのスマホから桐野にメッセージを打った。

『例の眠そうな目をした男を見掛けました。今、ボディガードの刑事さんが追いかけています』

そのメールを送信する直前、美乃里はまだ桐野に母親の病状のことを報告していないことを思い出した。

『お母さんは骨折で、簡単な手術を受けるそうです。私が面倒をみることにしましたが、時間があったら横浜みなとみらい病院に行ってあげてください』

そう追加したメッセージを桐野に打った後、このメッセージを桐野は目にすることができるのだろうかと不安になった。もしも桐野のスマホがランサムウェアの餌食になっていたら、当然、このメッセージも見られないはずだ。

B

男は美乃里を尾行していた。

仮想通貨流出騒動ですっかり予定が狂ったが、美乃里と桐野のことも忘れてはいなかった。しかし暫く放置していたので、もう一度、美乃里の行動を確認しようと尾行をしたら、いつの間にか美乃里には若いボディガードのような男が付いていた。

不思議に思いながらも美乃里を追って、横浜駅で同じ根岸線の車両に乗り込んだ。気づかれないように慎重に行動したつもりだったが、桜木町駅に着いたところで、なぜか美乃里に凝視された。

ばれた。

一瞬にして、男は悟った。

男は電車が桜木町駅に到着すると、すぐにホームに降りて速足で改札を目指した。後ろを振り返ると、ボディガードらしき若い男が自分を追って電車を降りていた。発車を告げるチャイムが鳴り終わると、乗っていた電車のドアが閉まり、水色の根岸線の車両がゆっくりと進みはじめる。

桜木町駅のホームは二階にあり、改札と出口はともに一階にあった。

階段を下りる途中でもう一度後ろを振り返ると、その若い男がかなり近くまで迫っていた。男は階段を全力で駆け下りようとするが、人が多くてなかなか前に進めない。

しかし焦ることはない。

とりあえず今は、後ろから追ってくる若い男を撒けばいい。自分の正体がばれてしまったわけではないだろう。その一方で、松田美乃里とその恋人の桐野良一の個人情報は、もうすっかり入手済みだ。

階段を駆け下りた時、もう一度後ろを振り返ると、若い男は既に階段を半分ほど下りていた。男は素早く改札を通過すると、広い道路の脇に出た。するとそこに一台のタクシーが滑り込んできた。

手を挙げるとタクシーは止まり、ドアが開いたのですぐに乗り込む。

「運転手さん。とにかく、前に出してください」

「ええ？」

その時、若い男が改札を出てくるのが見えた。

「早く、前に進んでください」

運転手が不服そうに男を見る。

「いいから！　この道をまっすぐ行け」

男は思わず怒鳴ってしまった。

「お客さん。そんなこと言われても、赤じゃ出せないよ」

運転手は気分を害したのか、ふてくされたようにそう言った。確かに目の前の信号は赤だった。しかしそうしている間にも、若い男が一直線にこちらに走ってくる。

タクシーを乗り捨てて、走って逃げるか。

男がそう思った瞬間に、信号の色が青に変わった。

A

桐野は『No More Ransom』のページで県警を襲ったランサムウェアを調べたが、やはりそのランサムウェアの復元ツールは存在しなかった。警視庁や大阪府警を襲ったランサムウェアも同じタイプで、その他にも千葉、埼玉、そして北海道などの都道府県警のホームページでも、同様の事件が起こっていた。

「当然、このパソコンもロックされてしまったわけか」

桐野は、身代金メッセージで固まってしまった自分のパソコンを凝視する。この中には他の事件の捜査のデータや仕事上のドキュメントが大量に入っている。ある程度はバックアップを取ってはいるが、消失してしまったら厄介な大事なデータも少なくはない。

「今回ばかりはMの方が一枚上手でしたね。慌てて改ざんされたホームページを見に行く時に、まさかランサムウェアが仕込まれているとは思いませんからね」

「完全にやられた」

「まあ、そう落ち込まないでくださいよ。警察のホームページですからね。しかも直属の上司にああ言われれば、誰でもあのホームページは見てしまいますよ」

慰めるように浦井が言った。

桐野でさえこの様だ。一般の警察職員や、まして一般市民がこのランサムウェアの罠を見抜けるはずがなかった。既にネットニュースではこの事件が大々的に報道され、ランサムウェアに引っかかってしまった市民からの苦情電話で、本庁内はさらなる混乱に陥っていた。しかもこれは神奈川県警だけの話ではなく、全国の各地の都道府県警も同様のはずだった。

「それでどうするんですか。警察はこのランサムウェアに身代金を払うことにしたんですか」

浦井がパソコンに目をやりながらそう言った。

「その議論を、ぶっ通しでやっているらしい」

警察庁でその会議が招集されたが、未だに結論は出ていなかった。

「神奈川県警の判断はどうなんですか」

「部署によって言っていることはバラバラだ。しかも肝心の本部長のスマホが乗っ取られて、なかなか連絡がつかないらしい」

上に行けば行くほど身代金なんか払えないということになるが、前線にいる捜査官にしてみれば、背に腹は代えられない。実際、自腹でもいいから、身代金を払ってしまいたいというのが本音だろう。

「今、警視庁経由で、いくつかの民間のセキュリティ業者に、このランサムウェアの復元ソフトがないか問い合わせているらしいが、期待はできないだろうな」

「そうでしょうね。ランサムウェアは鍵を好きに掛けられますから。その掛けた鍵の外し方は、犯人でないとわかりません」

「これがMの仕業だとすると、Mの狙いはなんだろうか」

浦井は大きく腕を組んだ。

「Mがこんなランサムウェアで、はした金を稼ごうとするとは思えませんね」

「そうだよな。やはり何かの陽動作戦だろうか」

「そうかもしれません。警察は自分たちのホームページが改ざんされて、そこからパソコンやスマホがランサムウェアに引っかかるという事態を起こしてしまった。自分たちも被害者な上に、さらに一般の市民も巻き込んでしまったという前代未聞の大失態ですよね」

「警察への嫌がらせがその目的か」

「その可能性もあります。しかし、今、警察の能力は著しく低下しています。だからこの瞬間に、何かをやろうと思えば、かなりの確率で成功するはずです。Mがそう考えたとすると……」

Mの狙いは何だ。

『例の眠そうな目をした男を見掛けました。今、ボディガードの刑事さんが追いかけています』

この美乃里からのメッセージに気がついたのは、数分前のことだった。その直後にボディガードに当たらせていた刑事に電話をしたが、『あと一歩のところで取り逃がしてしまいました』と報告されてしまった。

やはりMの狙いは美乃里だったのか。

「パソコンがこの状態だと、こっちもやりようがないな」

桐野も大きく腕を組んで天井を見上げる。

「いっそ、僕らだけでも身代金を払ってしまいましょうか。本当に身代金を払うと復元するか検証もしてみたいし」

「それもそうだな。お偉いさんが身代金を払うと結論を出したところで、本当にパソコンが復元しなければ意味がないからな」

「そうですね。じゃあ、ちょっとやってみましょう」

浦井が慣れた手つきでキーボードを叩くと、仮想通貨の支払い口座のページに飛んだ。

「この仮想通貨の口座から、犯人の足がつくことはないか」

「ないでしょう。そんなことができるならば、警視庁もあの五八〇億円の仮想通貨流出問題で頭を痛めていないでしょうから」

確かにその通りだろう。あの五八〇億円の仮想通貨は相変わらず塩漬け状態だったが、警視庁はその犯人を全く特定できていないらしい。その一方でMからランサムウエアを仕込まれて、警視庁のサイバー犯罪対策チームは踏んだり蹴ったりだろうと桐野は思った。

「いいですか。それじゃあ、本当に身代金を払いますよ」

「ああ、頼む」

桐野が頷き、浦井がまさにクリックをしようとしたその時、胸ポケットの桐野のスマホが鳴り出した。ディスプレイの表示を見ると森岡からだった。

『桐野。ランサムウエアで大変らしいな。警視庁の知り合いから聞いたぞ』

「そうなんですよ。既存のソフトじゃ復元できなくて、今、まさに身代金を払おうかと思っていたところですよ」

『桐野。うちのソフトを提供しようか』

「いつか言ってたあのＡＩ機能が付いているソフトですか」

『さらにそれを応用した新しい復元ツールを作ったんだ。警視庁でそれを試したら、何とか復元できたらしいぞ』

B

男は横浜みなとみらい病院のロビーにやってきた。

ボディガードらしき若い男から間一髪のところで逃げることができたが、もはや不用意に美乃里に近づくことはできない。しかし遠隔操作していた美乃里のスマホから、ここに桐野の母親が入院していることを知ることができた。

新山下のこの総合病院は、一日一〇〇〇人以上も外来患者が訪れる地域の中核的病院だった。また一年三六五日二四時間体制で、緊急医療も受け付けていた。

受付で見舞いだと告げると、何の疑いもなく病室を教えてくれて、奥のエレベーターに進むように促された。男はエレベーターに乗り込むと、三階のボタンを押す。

桐野の母親はどうやら足を骨折しているらしい。

男がエレベーターを降りると、ピンクのナースウエアを着た一人の看護師がやってきた。

「桐野さんの病室はどちらですか」

男はすれ違いざまにそう訊ねる。

「桐野さん？　ええっと。ああ、その廊下の突き当たりのお部屋です」

手にフルーツバスケットを持っているので、看護師も怪しむことなく病室を教えてくれた。

「ありがとうございます」

男は看護師に会釈をして、ゆっくり廊下を歩きだす。

やがてその部屋の入口に立つと、四人部屋の表札の一角に『桐野』というネームプレートが貼り出されていた。

その部屋の右奥の一角が、桐野の母親のスペースのようだった。

男はそっとそのカーテンをずらし、中の様子を窺ってみる。

桐野の母親は、男に気づくこともなく穏やかな寝顔を晒していた。

病室のテーブルの上には、彼女のものらしい銀色のスマホが無造作に置かれていた。

男はもう一度、桐野の母親の寝顔を窺うが、熟睡しているらしく起きる気配は感じられなかった。

A

『お母さんは骨折で、簡単な手術を受けるそうです。私が面倒をみることにしましたが、時間があったら横浜みなとみらい病院に行ってあげてください』

桐野は今一度、美乃里のメールに目を移した。眠そうな目をした男を見掛けたと書かれたメッセージのその後に、その文面が続いていた。

母親の怪我が、手術が必要なほどの大怪我だったとは知らなかった。しかしこのランサムウェア騒動が解決するまでは、見舞いはおろか自宅にすら帰れそうもない。メールを送ってきた美乃里の安全も気になるし、もはや仕事もプライベートもやらなくてはいけないことが山積みで、何から手を付けていいのかわからない。

「桐野さん。この復元ツールは凄いですね」

そんな中、森岡から提供された復元ツールで、パソコンが復活したのは不幸中の幸いだった。

もしもこの復元ソフトがなかったらと思うとぞっとする。

「どうやったらこんな復元ソフトができるんでしょうね」

「AI対応とか、復元ツールに新しい技術が施されていたからじゃないのかな」

桐野は以前、森岡と話した時のことを思い出す。これで森岡の会社も盛り返すことだろう。

「まあ、そうなのかもしれませんけど」

とにかくこれで、ランサムウェアの方は何とかなった。もう少し時間が経てば、警察もその能力を回復できる。そうなればMの本当の目的が浮き彫りになるはずだ。

「なあ、何でMはこんなランサムウェアをばら撒いたのだろうか。単に美乃里を襲うことが目的だったら、ここまで大袈裟なことをやる必要はないと思うが」

桐野はそこが気になっていた。

「確かにそうですね。吉見大輔と長谷川祥子の時とは、ちょっとレベルが違いますね。Mの組織が大きくなって、もっと大掛かりなクラッカー集団になっているのかもしれませんね」

「最近のランサムウェアは、端末をロックするだけでなく、その間に認証情報を盗み出すものも出てきたそうだな」

「ランサムウェアは、企業向けに仕掛けられるものも多いですからね。Mの本当の狙いは、実はそこなのかもしれませんね」

「どういうことだ」

何かを思い付いたような浦井の顔を、桐野はじっと見る。

「Mが警察が持つ認証情報を狙っていたとすればどうでしょうか。たとえば、警察のサイバー担当の持つデータベースの管理者パスワードを盗もうとしたら」

「それを盗んで、警察内のデータベースに忍び込むというわけか。そんなことをされたら、とんでもない事態が発生するな」

浦井は興味深そうに頷いた。

「Mは、どこかの国のサイバー部隊なのだろうか」

「その可能性はあると思います」

もし本当にそうだとしたら、この後にどんな攻撃があるのだろうか。自衛隊も含めて、日本は本格的なサイバー攻撃に関しては、各国に較べて大幅に遅れを取っていた。

その時、桐野のスマホが鳴った。ディスプレイを見ると警務部長の牧田からだった。牧田のスマホも数分前に、森岡の復元ツールで元に戻っていた。

『桐野。今すぐ、交通管制センターに来てくれ』

「交通管制センター？　何か大きな事故でもありましたか」

『県内の主要道路が大混乱に陥っている。これは誰かが県内の信号機をハッキングしている可能性が強い』

C

『県内の信号がハッキングされて、あちこちで大渋滞になっている。地震の直後のように電話が殺到してスマホは通じないから、美乃里も十分に気を付けて。メールは通じるようだから、何かあったらメールで連絡する』

美乃里の黒いスマホに、桐野からそんなメールが着信した。

折り返し電話をしたが、そのメールに書いてあった通りスマホはずっと話し中で繋がらない。

ランサムウェアでロックされた美乃里の黒いスマホは、幸いにも森岡が作ったソフトで復元できた。

『首都圏の信号系統に不具合が生じ、各地で大渋滞が起こっています。この後本格的な帰宅時間を迎え、さらなる渋滞が予想されます。本日は車での移動は控え、公共交通機関、特に電車をご利用ください』

美乃里がテレビを付けると、交通整理をする警官の映像とともに、女性のアナウンサーがそんなニュースを読んでいた。どうやら神奈川だけではなく、東京や千葉、埼玉でも同じような事態が起きているようだった。

『さらに各地で交通事故が多発しています。車を運転する方は、青信号でも交差点ではスピードを落として、いつも以上に安全運転を心がけてください』

画面は交差点での出合い頭の事故で、衝突し大破した車の映像に切り替わった。

『この混乱により、携帯電話が非常に繋がりづらくなっています。不急不用な電話の使用はやめて、有線電話をご利用ください。繰り返します……』

公衆電話の長い行列の映像も流された。大地震の直後のようにみんなが携帯電話をかけまくり、首都圏の携帯電話は一時的に使えなくなっているようだ。

『私の方は大丈夫』

美乃里はメールでそう返信する。

無事に桐野にメッセージが送信されたのを確認し、美乃里はオフィスの窓から、混乱する関内周辺の街を見下ろした。美乃里のいるオフィスは二〇階にあり、街中に車が溢《あふ》れ交差点には長い車の列ができているのが見える。ガラス越しにけたたましいクラクションの音が聞こえていた。

町全体が殺気立ち、何か恐ろしいことが起きそうな空気が充満していた。

『美乃里さん、今、どこにいるの。今日退院したんだけど、気分が悪くなってしまって、今、動けないの。電話も通じないんで救急車も呼べないし、迎えに来てくれるとありがたいんだけど』

二台目の黒いスマホに桐野の母親からメールが着信した。すぐに折り返し電話をしてみるが、回線が集中しているせいか繋がらない。

退院するとは聞いていたが、よりによって今日だったとは。

この交通渋滞で、あの骨折ではさすがに身動きが取れないだろう。時計を見ると、終業時間まではかなりあったが、自由な職場なので事情を話せば、早退しても問題にはならないだろう。

『わかりました。お母さん、今、どこですか。迎えに行きます』

念のため早退の許可を社長に取ろうと思い電話をするが、森岡は朝から終日外出をしているようだった。携帯に電話をしてみようと思ったが、回線が繋がらないことを思い出す。

『桜木町の駅の近く。なんかみんな殺気立っていて怖いわ』

桐野の母親から、新しいメッセージが着信していた。

A

桐野が県警本庁舎一九階にある交通管制センターに到着すると、壁一面の県内の交通情報表示板が真っ赤になっていた。横浜を中心に主要道路の交差点は大渋滞となっていて、見たこともない異常事態が発生していた。

「各交差点で事故が多発しています。現場にパトカーが行こうにも、渋滞で思うように進めません」

掲示板をじっと見つめる牧田のところに、若い職員が報告する。

「そもそもランサムウェアでロックされたままで、まだ連絡がつかない警察職員が相当数います。もっともこの混乱で、携帯は一切繋がりませんが……」

牧田は苦虫を噛み潰した表情で、じっとその報告を聞いていた。

「本庁の警備課、総務課、それに手の空いている職員も、全員近隣の交通整理に割り当てろ」

牧田は真っ赤になっている交通情報表示板を見ながら、唸るようにそう言った。

「牧田部長、遅くなりました」

「おう、桐野。この有様だ。しかし、この前のランサムウェアといい今回の交通渋滞といい、何でこんなに県警が狙われるんだ」

さすがの桐野も、それになんと答えていいのかわからない。

「大変な事態ですね。しかしこれは本当に、誰かが県の信号機をハッキングしたんですか。牧田部長、すみませんが、そう考えた理由を聞かせてもらえますか」

信号機のハッキング事件など聞いたこともなかった。

「最初はただの信号機の故障だと思った。一台目はランドマークタワーの前の交差点だった。本来ならば一、二分もあれば変わる信号が、いつになっても変わらなくなった。しょうがないので近くの交番から警官を派遣して、交通整理に当たらせた」

牧田はランドマークの前の信号機のモニターを指さした。

「するといつの間にかその信号が正常に戻った。一安心と思ったら、今度は同じことが横浜市内の三ヶ所の信号で同時に起こった」

交通渋滞は横浜市内が特に酷かった。しかも普段は渋滞など、起こりそうもない交差点でも発生していた。

「やがてその信号機も正常に戻ったと思ったら、今度は別の六ヶ所の交差点の信号がおかしくなった。もうそうなると、ただの信号機の不具合とは思えない。そう思っている間にもどんどんおかしくなる信号機が増えていく。そこで俺は考えた。これは誰かが信号機を、意図的に操作しているのではないかと」

桐野は真っ赤になった掲示板を見ながら考える。こんなにも大量の信号機を、同時にクラッキングすることなど可能だろうか。

「街のほとんどの信号機は、無線で赤と青の切り替えをやっています。その無線を乗っ取ってしまえば、確かに信号機のクラッキングは可能です。あ、ちなみに牧田部長、このようにコンピューターの技術を悪用する場合は、ハッキングではなくクラッキングと言います」

牧田は不機嫌そうに桐野を睨《にら》む。

「アメリカのミシガン州で信号機のクラッキング実験をやったら、簡単にできてしまったという事例があります。無線の信号を暗号化していなかったからです。暗号化されていなければ街のＷｉ－Ｆｉをクラッキングするのと同じように、信号機のクラッキングは可能です」

桐野はその他にも、オランダで信号機がクラッキングされてその表示が悪戯された事例も思い出した。しかしこれほど広範囲で大規模な信号機のクラッキングは聞いたことがない。

「日本の信号機も暗号化はしていないのか」

「詳しいことはわかりませんが、暗号化には相当な費用がかかりますから、多分、やっていないのではないでしょうか。しかしこの大渋滞は、どこかの定点の交差点がおかしくなっているわけではありませんよね」

牧田は大きく頷いた。

「不具合が起こる信号機が次々と変わるので、対策のしようがなくて困っている。しかも同じことが、東京と千葉、そして埼玉でも起こっている」

今、首都圏の道路交通網は、崩壊寸前だった。

「ならば犯人が、街の信号機の無線を同時多発的にクラッキングしているとは思えません。さっき説明したやり方だと、その信号機のワイヤレス電波が届くところでないと、無線の信号機はクラッキングできませんから」

犯人側が一〇〇部隊ぐらいのチームならそれも可能だろうが、現実的にはありそうもない。

「じゃあ、クラッキングされているのは、有線の信号機というわけか」

「そうなりますね。そして有線でその信号機に指示を出しているコンピューターそのものが、クラッキングされている可能性が高いと思います」

「それはつまり……」

牧田が言葉を詰まらせて桐野を見つめる。

「そうです。この交通管制センターが、クラッキングされているんだと思います。しかも同時に、警視庁や埼玉や千葉の交通管制センターもやられてしまっているのでしょう」

交通管制センターは各都道府県ごとに存在し、そこには、道路上に設置されたカメラ、超音波式車両感知器、光ビーコン、そしてNシステムも含め、道路に関するすべての情報が集まってくる。時間や曜日、天気、さらには季節ごとの過去の情報をもとにアルゴリズムが作られ、最も効率よく車が運行できるように、管制センターのホストコンピューターが県内の信号の制御を集中して行っていた。

「誰かがこのセンターに忍び込んで、コンピューターに細工をしたということか」

「その可能性もありますが、ここは二四時間厳重に警備され監視カメラもありますから、やはり外部からのクラッキングと考えるのが妥当でしょう」

「ここをクラッキングするのは相当難しいはずだが」

「確かに交通管制センターは閉鎖的ネットワークですから、ホームページを改ざんするのとは違い、その難しさは桁違いです。しかし凄腕のクラッカーならば、このセンターのコンピューターに潜入することが不可能だとは思えません」

「そんな馬鹿な」

「現実にこうやって大混乱が起こっているのが、その何よりもの証拠です。ひょっとすると……」

「ひょっとすると、何だ。言いたいことがあれば最後まで言え」

「いいえ、何でもありません」

ひょっとすると犯人は、ランサムウェアで警察が大混乱している間に、交通管制センターに侵入する罠を仕掛けたのかもしれない。しかしそれはあくまで根拠のない自分の推論にすぎなかったため、牧田の前で口にするのは止めておいた。

「外部からクラッキングしたのか、それとも犯人がここに忍び込んだのかはわかりませんが、このセンターがハッキングされて、ここから誤った指示を県内の信号機に発しているのは、ほぼ間違いありません」

「桐野。どうすればいい。こうやって手をこまねいている間にも、おかしくなる信号機の数がどんどん増えている。手信号で交通整理に当たらせるにも、もはや人員の限界だ」

牧田は呻《うめ》きながら、真っ赤な交通情報表示板を睨みつける。

「一つだけ方法があります」

その一言に、牧田が桐野を刮目《かつもく》する。

「特殊制御です」

天皇陛下の行幸や海外から要人が来たときなど、その沿道のすべての信号を青にしてノンストップで目的地まで誘導することがある。信号機を交通管制センターから切り離し、手動で操作するその方法を特殊制御と呼んでいた。

「このセンターで管理しているすべての信号を、特殊制御、つまり手動で行って、その間に一刻も早くホストコンピューターを修正するんです。犯人がどうやって潜入したのか、クラッキング経路を調べるのはその後で十分です。既に所轄の警察署は交通整理で人員が出払ってしまって、どこも空き家同然です。ここは特殊制御による復旧に懸けるしかありません」

C

大混雑の中、美乃里が根岸線桜木町駅の南改札に到着すると、そこは人でごった返していた。道路には車が溢れ、いたるところでクラクションが鳴り響いていた。すぐに電話を掛けてみたが、話し中の音がするばかりで繋がらない。相変わらず電話が殺到して、首都圏の携帯電話網は麻痺《まひ》しているようだった。

桜木町駅は根岸線の北と南で改札が二つあり、その二ヶ所はかなり離れている。さらに市営地下鉄も乗り入れていて、その出口は野毛《のげ》の方まで続いている。この状態で、どうやって桐野の母親を探せばいいのか。

美乃里が途方に暮れていると、一通のメールが着信した。メールは何とか機能しているらしい。

『美乃里さん、ごめんなさい。駅で具合が悪くなっちゃって、親切な人の車の中で休ませてもらっていたの。その方が自宅に送ってくれるというから、美乃里さんを待っていたところなの。今、その方が美乃里さんを迎えに行くから。ＪＲ根岸線の北改札で待っていて』

そんな親切な人がいたのか。

美乃里はほっと胸を撫で下ろす。

午後からの大渋滞で街中が大混乱に陥っていた。駅も普段の倍以上の人間が押し寄せていて、桐野の母親が何かの事件に巻き込まれてもおかしくなかった。タクシー待ちも長蛇の列で、救急車すら来てくれない。そもそも救急車を呼ぼうにも、電話が繋がらないのだからしょうがない。

ここに来る途中も、足が不自由な桐野の母親をどうやって自宅まで連れていくか、考えあぐねていたところだった。そんな状況で、車で送ってくれる人がいたなんて、幸運以外の何物でもない。

美乃里はスマホを取り出して、桐野に電話を掛けてみる。

しかしやっぱり繋がらないので、スマホの上で指を走らせる。

『親切な方が駅でお母さんを助けてくれて、その人の車に乗って、お母さんと一緒に良ちゃんの家に行きます』

美乃里が桐野にメッセージを送り、指定された北改札で待っていると、背後から話し掛ける声がした。

「マツダミノリサンデスカ?」

「はい。そうです」

振り返ると、彫りの深い顔をした若いアラブ系の男が立っていた。

「オカアサンガ、クルマノナカデ、マッテマス」

A

牧田の一言で、交通管制センターの勤務経験があるすべての職員が動員された。

「今から、センターと有線で繋がっているすべての信号機の特殊制御をはじめる。現在、県内の主要道路は未曽有の大混乱に陥っている。各地で事故も多発している。諸君の奮闘により、県の交通治安を取り戻してくれ」

短い訓辞の後に、すべての管理センターに直結されている信号機の特殊制御がはじまった。それと同時に、エンジニアチームも作業に入り、アルゴリズムの修正に取り掛かった。

桐野は牧田の隣で、交通管制センターの室長とともにその作業に見入っていた。モニターを見ると、今まで赤信号のままだった交差点が徐々に開かれ、少しずつ車が動き出した。動員された職員たちは真剣な表情で作業を行っていた。

真赤だった交通情報表示板が、部分的にオレンジに変わり、やがてそのランプ自体も、少しずつ消えていった。

小さな交差点ではほどなく渋滞が解消され、事態は収束するように思われた。しかし大きな交差点では、依然として大渋滞が続いていた。

「交差点を通過する車は増えているのですが、なかなか渋滞が解消されません」

「一部の交差点では、特殊制御をする前より渋滞が酷くなっています」

壁の交通情報板を見ると、赤い部分が長くなっているところもあった。

「新たに川崎で交通事故が発生しました。現場にパトカーを急行させます」

さらなる交通事故も各地で起こっていた。大きな地震が起こると、おそらくこのような事態になるのだろうが、その場合は、パトカーや消防車のような緊急車両以外は、一切通行できないようにしてしまう。しかし今回のような、信号機がハッキングされるという事態は、警察としては想定していなかった。

「なぜだ。なぜ、渋滞が酷くなる」

牧田がセンター室長に詰め寄った。

「管制センターのコンピューターは、交通量の多い道路は最も効率よく先まで進めるように計算して複数の信号を同時に開いたりします。しかし手動による制御では、そこに自ずと限界があります。そして何と言っても時間帯が最悪です。帰宅する車のピーク時間が迫っています」

センター長が額に汗を光らせてそう言った。

「桐野。管制システムのアルゴリズムは、いつになったら正常に戻るんだ」

そう言われても、自分にわかるはずもない。

「わかりません。しかし、今は何とか手動での制御でこの混乱を収めるしかありません。それともいっそ、横浜市内だけでも交通を規制しますか」

「無理だ。職員が出払ってしまっているのに、今さらそんなことは不可能だ」

牧田はそう言うと、口を真一文字に閉じて腕を組んだ。

「桐野さん。内線に急ぎの電話が入っています」

若い職員が受話器を片手にそう言った。桐野は小走りに電話に近寄り、その受話器を耳に当てる。

『桐野さん。今、スマホを持っていますか』

浦井からの電話だった。桐野はポケットを探り、自分のスマホを取り出した。

『そのスマホが遠隔操作されていませんか』

まさか。

桐野が慌ててスマホをチェックすると、美乃里からメッセージが届いていた。

『親切な方が駅でお母さんを助けてくれて、その人の車に乗って、お母さんと一緒に良ちゃんの家に行きます』

なんだこれは？

母親の退院はまだのはずだ。しかもなぜ美乃里が一緒なのか。気を利かせて付き添いに行ったということなのだろうか。

『私の方は大丈夫』

過去のメッセージに遡る。美乃里からそんなメールも着信していた。

これも一体、何のことなのか。

桐野はそんな答えが返ってくるメールを打った覚えがなかった。すぐにスマホの送信履歴をチェックする。

『県内の信号がハッキングされて、あちこちで大渋滞になっている。地震の直後のように電話が殺到してスマホは通じないから、美乃里も十分に気を付けて。メールは通じるようだから、何かあったらメールで連絡する』

桐野は自分のスマホに表示されたそのメッセージに仰天する。

こんなものを、美乃里に送信した覚えはない。

遠隔操作だ。Mが遂に自分のスマホも乗っ取ったというわけか。しかしあのアンチウィルスソフトまで破ったとなると、Mはどこまでのスキルの持ち主なのだろうか。

『美乃里さんのスマホのGPS情報を押さえました。既に美乃里さんは、Mの一味に攫《さら》われてしまったと思います。美乃里さんは、今、阪東橋《ばんどうばし》から西に向かっています。多分、車で首都高速を走っていると思います。このまま丹沢に向かうようならば、美乃里さんの命が危ない』

桐野は急いで電話を切ると、牧田部長に駆け寄った。

「牧田部長。申し訳ありませんが、Mの件で緊急事態が起きました。持ち場に戻ってもよろしいですか」

　桐野のその声が聞こえなかったのか、牧田は壁の時計を凝視したままだった。桐野もつられてその時計を見ると、針は午後四時三〇分を指していた。

「桐野。夕方の交通渋滞は午後五時から六時がピークだ」

C

　美乃里は揺れるワゴン車の中にいた。

　そのワゴン車に乗った瞬間に、中にいたサングラスの男に腕を引かれて、さらに後から乗り込んできた顎鬚の男に羽交い絞めにされた。美乃里を呼びに来た若い男が素早く外からドアを閉めると、運転席に乗り込んできてすぐに車が走り出した。

「ちょっと、ちょっと離してよ」

　力の限り抵抗したが、男二人に押さえられたらどうしようもない。美乃里は体を左右に捻ってみたが、後ろから羽交い絞めにしている顎鬚の男の腕はびくともしなかった。

「お母さんは。お母さんは、どこ」

美乃里の問いかけなどまるで気にせず、目の前のサングラスの男が鈍く光るものを突きつけた。

「オトナシクシロ」

それがナイフだと気づき、美乃里はそれ以上抵抗するのを止《や》めた。そしてこの男たちが、Mの一味であることに気が付いた。

お母さんのあのメッセージがなりすましだったのか。

あれほど桐野に気を付けろと言われていたのに、緊急事態が起こるとそんな注意はすっ飛んでしまう。

あっという間に後ろ手に縛られて、さらに足も紐で縛られてしまった。そして猿轡《さるぐつわ》を嵌められた後に、車の後部座席の床に転がされる。さらに動けないようにと、男二人に足で押さえつけられてしまえば、美乃里にはもう抵抗する手段はない。

目隠しはされなかったので車の中の様子だけはわかった。

美乃里をこの車に招きこみ、そして今ハンドルを握っている若い男が一番下っ端で、美乃里の背中に足を乗せているやや年配のサングラスの男がリーダーのようだった。もう一人の顎髭の男は、その年配のサングラスの男から、何かをしきりに命令されていた。その言葉はもちろん日本語ではなく、美乃里が聞いたこともない外国の言葉だった。

「うぶぐぐう」

猿轡の下から抗議をしてみたが声にならない。

反対に頭を大きく踏みつけられ、額を床に打ち付けてゴンという大きな音がした。前頭部の痛みを堪えていると、さっきからリーダーらしきサングラスの男がスマホで電話を何回も掛けているのに気がついた。しかしそのスマホが繋がった様子はない。

今日の午後からの通信障害で、携帯が繋がらなくなってしまったのが理解できないのだろう。相当苛《いら》ついているようで、最後にはスマホをいじるのを諦めて運転席の若い男を罵倒しはじめた。

車はノロノロとだが進んでいた。床に転がされている美乃里には、窓の外は空しか見えない。一体、どこに連れて行くのだろうか。

そして自分に、何をしようとするのか。

ＪＫ16のことを思い出す。丹沢の死体も、そのいくつかはＭの仕業と報道されていた。このアラブ系の男たちがＭなのだろうか。それともＭは、ここにはいない他の人物なのだろうか。そこは何ともわからなかったが、今起こっていることが、あの神奈川県警のホームページに載った犯行予告と関係があるのは明らかだった。そうだとすれば、考えれば考えるほど悪いことしか思いつかない。

桐野に助けを求めることはできないか。

スマホが入ったハンドバッグは床に転がっていた。しかし両手はおろか両足ですら自由が利かない。いや、仮にスマホが使えたとしても、今、首都圏全体を襲っている通信障害に阻まれて、誰かに助けを求めることはできないはずだ。

その時、車が大きく揺れて、美乃里のスカートが捲り上がり、白い脚が露になった。それに気付いたリーダーのサングラス男が下卑た笑いを浮かべた。そして靴で美乃里のスカートを捲り上げると、ベージュのパンストの上から尻を軽く踏んできた。そして何事かを仲間に喋ると、他の二人も同調するように笑い出した。

A

最悪の事態が起こってしまった。

牧田に了承をもらい、急いで浦井が待つ会議室に向かった。なかなかやってこないエレベーターにじれながらも、桐野はスマホをチェックする。黒もピンクも美乃里のスマホに電話をしてみるが、やはり話し中の音がするだけで連絡は取れない。

どうしようか。

焦るばかりで何もいい考えが浮かばない。一刻も早く浦井と相談しようと、桐野はエレベーターを待つのを諦め一気に階段を下りはじめた。

息を切らせて会議室に飛び込むと、そこには浦井も、そして浦井を監視する警察官もいなかった。この緊急事態の続出に、誰かが浦井を留置所に戻したのだろうか。それとも二人揃《そろ》って、トイレにでも行っているのか。

そこに新たなメールの着信音が鳴った。

スマホを立ち上げると、美乃里のスマホの位置情報が転送されていた。浦井は、美乃里のスマホの位置情報をクラウド上に設定し、桐野のスマホからも直接見られるようにしてくれたようだ。

ありがたい。

これならば、桐野でも美乃里のスマホの位置情報がわかる。それは、確かに高速道路上を西に向かって移動していた。

『これとNシステムを連動することはできませんか』

そんなメッセージも添付されていた。浦井のそのアイデアは、平常時ならばいいかもしれないが、今は不可能だった。何しろNシステムも含めた交通管制センター全体が、機能不全を起こしているのだから。

「斉藤本部長。Mが動きました」

桐野は固定電話から、松田署の捜査本部に連絡を入れる。携帯は使えないが、固定電話ならば問題はない。

『奴は今どこにいる』

「高速を阪東橋から西に向かって移動中です。新たな被害者を連れ去っての移動と思われます。すぐに緊急手配をお願いします」

『わかった。しかし前代未聞のこの騒ぎだ。連絡系統も寸断されているし、何台のパトカーが動けるかはわからんぞ』

「そこを何とかお願いします。連れ去られたのは私の恋人です」

『本当か』

斉藤は一オクターブ高い声を出した。

「私はこれから覆面パトカーで、被害者を連れ去った車を追います」

そう言い捨てて、桐野は部屋を飛び出した。

携帯はまだ復旧していないから、移動中は固定電話が使えない。しかし警察には、警察無線という強い武器があった。

道路は相変わらずの交通渋滞で、普通の車だったら身動きもできない。

桐野はパトランプを白い覆面パトカーの屋根に乗せた。けたたましいサイレンとともに車を発進させ、周りの車を押し開くようにゆっくりと進んでいく。

桐野はクラウド上の美乃里のスマホの位置情報を確認する。

阪東橋から高速に乗った犯人たちは、横浜新道の狩場《かりば》を過ぎて新保土ケ谷《しんほどがや》インターに向かっていた。せめて追跡する車の車種や色がわかれば、検問を張ることもできるかもしれないが、今はこのスマホに表示される位置情報だけが頼りだった。

B

男は東名高速道路を西に向かって車を飛ばしていた。

横浜町田インターあたりは激しい渋滞が続いていたが、東名の海老名《えびな》を過ぎたあたりからは、車は止まることなく進み出した。

午後から発生した首都圏の未曽有の交通渋滞も、夕方のラッシュを過ぎて徐々に収束する見込みがついてきたようだ。都心ではまだかなりの混乱が続いていたが、神奈川県は早めに対処したらしく、少なくとも、今、男が走っている神奈川県西部の高速道路には、もはやほとんど影響は見られなかった。

しかし携帯電話は相変わらず復旧していなかった。メールは使えたが、高速で車を運転しながらでは、何かを発信することは不可能だった。

その時、後方からパトカーのサイレンが聞こえてきた。

男はすぐにアクセルから足を離し車が自然に減速するのを待つ。メーターを見ると速度は一二〇キロを超えていた。つい焦ってスピードを出しすぎてしまったらしい。今ここでスピード違反で捕まると、かなり厄介だなと男は思った。怪しまれないようになんと説明するか。それも確かに面倒だったが、なによりもここで停められて、切符を切る切らないなどのやり取りをしている時間がもったいない。

いっそ、このままぶっちぎるか。

その方が現場に早く着けるかもしれない。

そんなことを思いながらバックミラーを睨んでいると、パトランプを回転させながら疾走してくる車のヘッドライトがみるみるうちに近づいてくる。

よく見ると、白と黒のあのお馴染みのパトカーではない。覆面パトカーのようだ。ならばこれはスピード違反の取り締まりではない。そう思った男は素早くウインカーを左に出して車線を変更する。男の車のすぐ右を、白いスカイラインがパトランプを回転させながら走り抜けていった。

運転席に男が一人だけ乗っているのはわかったが、男の右側を通過する時、男はその横顔を確認する。

桐野良一だった。

その最終目的地は、男と同じところだろう。男は後続のパトカーや警察関係の車両

がいないかを確認する。いれば桐野が乗ったパトカーと同じスピードで飛ばしている
はずだった。それらしい車はいないことを確認すると、男もアクセルを思いっきり踏み込んだ。

A

桐野が運転する覆面パトカーは、東名高速を西に向かって進んでいた。

サイレンを響かせながら追い越し車線の車を蹴散らしながら、この覆面パトカーであるスカイラインの出せる限界のスピードで走っていた。しかしそれでも、足柄サービスエリアに到着するには、まだ数分は必要だった。

美乃里のスマホの位置情報は、三〇分も前から、その足柄サービスエリアで止まっていた。桐野は最悪の事態を思いつくと、その考えが脳裏から離れなかった。

美乃里のスマホが、足柄サービスエリアで廃棄されてしまったのではないか。

もしもその予想が当たっていたら、犯人を追う手掛かりを失ってしまったことになる。そしてその場合は、美乃里の生命も限りなく危機的な状況になってしまったということだった。

自分が美乃里を事件に巻き込んでしまった。

素直に感情を爆発できる美乃里の素直さが、桐野には眩《まぶ》しかった。そんな彼女を事件に巻き込み、犯人のターゲットにさせてしまった。美乃里の人を信じる素直さが仇《あだ》になってしまったのか。桐野は深く後悔するが、止まったままの美乃里のスマホの位置情報はさっきからピクリとも動かない。

美乃里、頼むから生きていてくれ。

足柄サービスエリアまであと三キロ。涙で霞《かす》む視線でその緑の看板を確認する。

東名高速道路から丹沢や富士山方面に行くのならば、秦野中井《はだのなかい》、大井松田《おおいまつだ》、御殿場《ごてんば》、のどこかの出口で降りるはずだ。それぞれの出口には既に検問所が設置され、パトカーも配備されていた。怪しい外国人が乗っていたら、トランクの中まで徹底的に調べろと指示が出ている。もしも美乃里のスマホを足柄サービスエリアで捨ててしまっても、犯人がそのどこかのインターから出ようとすれば、そこで検挙されるはずだった。

秦野中井と大井松田は通りすぎたので、可能性としては御殿場だった。しかし未だにそんな連絡は入っていない。

まさか、犯人は追跡を恐れて、美乃里を連れて足柄サービスエリアから徒歩で逃げた可能性はないだろうか。もっと最悪の事態も想像できた。このスマホの位置情報のところに、既に遺体となった美乃里だけいて、犯人は車を捨てて逃げてしまったのではないか。しかし一番恐れているのは、今回は丹沢ではなく、もっと西の山に行かれることだった。そうだとしたら、警察が敷いた非常線も意味がなくなってしまう。

足柄サービスエリアの緑色の看板が見えてきた。

『全車両に緊急伝達』

その時、警察無線が鳴った。

『丹沢の連続殺人犯の浦井光治が脱走逃亡した。繰り返す、連続殺人犯の浦井光治が脱走。逃走には警察車両を使用し、千葉方面に向かっている模様』

浦井が脱走？

混乱する頭で桐野は必死に考える。

確かに桐野が飛び込んだ会議室に、浦井も警備の警官もいなかった。しかしその後、桐野のスマホにメールが届いていたので、てっきりどこかで作業をしているものとばかり思っていた。

しかし脱走とは馬鹿なことを。

確かに今は、警察が大混乱をしているから、何とか逃げ通せるとは思うが、事態が鎮静化すれば捕まるのは時間の問題だ。浦井がこのまま逃走するのは、どう考えても不可能だ。

桐野の車は足柄サービスエリアの分岐に差し掛かった。今は美乃里の救出に集中しよう。浦井を追う警察官はたくさんいるが、今、ここにいる警察関係者は桐野一人だ。

桐野はウインカーを左に出しながら、オートウィンドウで窓を開ける。そして屋根に乗せてあったパトランプをしまい、覆面パトカーのサイレンを切った。しかし一切車を減速させることもなく、桐野はサービスエリアに車を突入させる。

足柄サービスエリアは、国内でも有数の広さを誇る。今も駐車場には、ざっと一〇〇台近い車が停まっているが、暗さもあって良くは見えない。

どの車の中に美乃里はいるのか。

それともゴミ箱かどこかに美乃里のスマホが捨てられてしまい、もうここにはいないのか。桐野は美乃里のスマホの位置情報を表示していた自分のスマホをタップする。

しかし、わが目を疑った。

さっきまであったはずのスマホの位置を示す緑の印が消えていた。

人差し指と中指でその地図を拡大するが、やはりどこにも緑の印が映っていない。

今度は指の動きを逆にして地図を縮小した。桐野は呆然《ぼうぜん》とした思いでスマホを凝視するが、やっぱり位置情報は表示されてない。

その時、耳をつんざく大音量のクラクションが鳴り、急いで目線を上げると、自分の目の前を大型トラックが横切っていた。青い鉄の塊が桐野の目と鼻の先に迫る。

桐野は急ブレーキを踏みハンドルを左に切った。

しかしスピードが出すぎていた車は、大きく尻を振ってコントロールを失った。

C

美乃里を乗せたワゴン車は高速道路に入ってからはノンストップで走っていたが、三〇分ぐらい前にこの場所に停車した。エンジンも切って男たちが車から出入りしているので、おそらくどこかのパーキングかサービスエリアに停まったのだと美乃里は思った。車を走らせている途中、サングラスをかけたリーダーらしき男は何度も電話を掛けていたが、ここに車を駐車して三回目に電話を掛けた時、やっと電話が繋がったようでスマホを耳に当てて車の外に出て行った。

美乃里は相変わらず床に転がされていた。

ほどなくサングラスの男が帰ってくると、いきなり美乃里のハンドバッグを探り出した。美乃里が首を捻ってその様子を窺うと、財布と二台のスマホを取り出していた。男は財布に入っていた数千円の現金を抜くと自分のズボンのポケットに突っ込んだ。そして空の財布と二台のスマホをハンドバッグに戻し、若い男に放り投げた。

若い男はハンドバッグをキャッチすると、わからない言葉で何かを言ったが、サングラスの男は、怒鳴りながら車の外を指さした。しぶしぶ若い男はハンドバッグを片手にドアを開け、外に一人で出て行った。

サングラスの男が、顎髭の生えているもう一人の男に話しかける。

それを受けて顎髭の男は、長らく床に転がされていた美乃里の体を後部座席に引きずり上げた。両手両足は相変わらず縛られたまま、美乃里は仰向けのまま背後から顎髭の男にがっしりと羽交い絞めにされた。日本人とは違う独特の臭いが鼻についたが、猿轡をされていたままなので声にならない。

やがてサングラスの男が、美乃里の足を縛っていた紐を解き始めた。

しかし後ろの男の力は弱まる気配はなく、相変わらず強い力で締め付けてくる。

足が自由になった瞬間、リーダーらしき男は美乃里のスカートをたくし上げると、パンストごと下着を一気に足元までずり下ろした。

犯される。

そう思った美乃里は足を大きくばたつかせて、何とか背後の男の戒めから逃れようと全身に力を入れる。白い足が宙を舞い、赤いパンプスの片方が脱げて床に落ちる。

「うままっもううーーん」

声にならない美乃里の声が、猿轡の脇から漏れる。

しかしサングラスの男は、カチャカチャとズボンのベルトを緩めてズボンを下ろして、美乃里の体に覆いかぶさろうとする。男の毛深い右腕が美乃里の股間に伸びる。気持ちの悪い感触が美乃里の下半身を襲う。

その時、車のドアが開いた。

誰かと思い美乃里が目をやると、さっき出て行ったはずの若い男が扉を開けて入ってきた。

再び、若い男とサングラスの男が何か言い争うような会話を交わす。その時、後ろで抑え込んでいた顎髭の男の力が少し緩んだ。美乃里はその一瞬の隙に渾身《こんしん》の力を振り絞って足を伸ばすと、足がサングラスの男の顎にヒットした。

男は顔を歪めて何事かを呟くと、座席に置いてあったジャックナイフを片手に握った。美乃里は思わず体を捩《よじ》るが、もう後ろの顎髭の男の力は緩まない。

殺される。

いきなり刺されるかと思ったが、男は右手を高く上げると美乃里の頬を平手ではたいた。

左頬に痛みが走り、耳がキーンと鳴った。さらに二度三度、大きな音を上げて頬を強打されると、涙腺が緩み涙で視野が霞んだ。

A

尻を左に振られた桐野の車は、タイヤを軋ませながら大きくスピンをしたが、間一髪でトラックにぶつからずに停止した。

「てめえ、どこ見て走ってんだ」

頭にタオルを巻いた腕っぷしの強そうな運転手が、トラックから血相を変えて降りて来る。

桐野は一瞬、頭が真っ白になったが、とにかくぶつからなかったことに安堵《あんど》した。

その運転手は桐野を覆面パトカーのフロントガラス越しに睨みつけ、今すぐ降りてこいと言わんばかりの表情をしている。

そんなことより美乃里のスマホの位置情報だ。どうして数分前まで表示されていた緑の印が消えてしまったのか。まずはゴミ箱を探そうと桐野は車のドアを開けると、トラックの運転手がいきなり桐野の胸倉を摑んできた。桐野は胸のポケットから黒い手帳を取り出した。

「警察だ。今すぐに手を離さないと、公務執行妨害で逮捕する」

一瞬で運転手の顔色が変わった。

運転手が手を離した時に、桐野は売店の近くにある一〇個近いゴミ箱に気がついた。

すぐに全力で駆け出してそのゴミ箱の前に立つと、躊躇《ためら》わず一番近いゴミ箱の中身を辺り一面にぶちまけた。

　ペットボトル、コーヒーの空き缶、コンビニ弁当の容器、他にもなんだかわからないビニール袋があたり一面に散乱したが、スマホらしきものは見つからない。

　続いて桐野は、すぐにその隣のゴミ箱を持ち上げる。そして同様に力の限りに大きく振った。

　生ゴミ、紙くず、何かの食べ残し、そしてその中に、見たことのあるハンドバッグを発見する。

　そのバッグの中を確かめると、美乃里のピンクのスマホがあった。桐野は素早くそのスマホをチェックするが、その電源は切られていた。さらにもう一つの黒いスマホも同じだった。

　犯人はここで美乃里の私物を処分したのだ。

　桐野の手元には美乃里のスマホが戻ったが、これで犯人を追う手掛かりが途切れてしまった。そして美乃里を救う術もなくなってしまった。

　遅かったか。

　せめてもう少し早く、スマホの電源が切られる前にここに来れれば、間に合ったのに。桐野はもう一度、握りしめていたピンクのスマホに目をやった。

いや、待てよ。

桐野は頭を働かせる。

つい数分前、つまり桐野がこのサービスエリアに入る直前までは、このスマホから位置情報が発信されていた。それが今、切れているということは、このスマホの電源をほんの数分前に誰かが切ったということだ。

ならば、まだ犯人はこの駐車場にいるのではないか。

桐野は駐車場の車全体に目を凝らす。暗闇の中、そこにはワゴン車やマイクロバスを含め、一〇〇台以上の車があった。今すぐ片っ端からその一台一台を当たってみるか。それとも、一回パトカーに戻り警察無線で応援を頼むか。

その時、一台のワゴン車がパーキングエリアを出ていくのが見えた。まさか、あれに美乃里が乗っているということはないだろうか。出口に向かうそのワゴン車を見ていると、その中に美乃里が乗せられているような気もしてくる。

C

男がナイフを摑んだ時には、遂に殺されると思い戦慄したが、その後頰を殴られて、美乃里は無性に腹が立った。

なんでこんな連中に、親にも打たれたことのない頬を打たれなければならないのか。全くもって納得できない。どうせレイプされて殺されるならば、せめてさっき殴られた分の仕返しぐらいしてやろう。そう開き直った途端、美乃里にふつふつと妙な勇気が湧いてきて、同時に冷静さを取り戻した。それはまるで、気合を入れられたような気分だった。

サングラスの男が再び美乃里の股間に手を入れてきた時、美乃里はにっこり笑って全身の力を抜いた。美乃里が観念したと思った男は、美乃里の下着を完全に剝ぎ取ってさらに両足を広げようと両手を太ももにやった。後ろから羽交い絞めにしている顎髭の男の力も、心なしか少し緩んだ気がした。

そして美乃里はゆっくりと自分の足を引き付けると、サングラスの男の股間をめがけて思いっきり踵《かかと》を蹴り出した。男は大きく仰《の》け反《ぞ》ると、通路スペースに頭から落ちた。さらに後ろの男がひるんだ隙に、美乃里は体を捩って羽交い絞めを解き、運転席に逃げ込んだ。

美乃里は足こそ自由になったが、まだ後ろ手に両手を縛られたままだった。せめて猿轡が外れてくれれば大きな声も出せるのだが、今はそれも叶わない。

すぐに顎髭を生やした男が運転席へ乗り込もうとする。

サングラスの男が大声で何かを叫んだ。その片手にはナイフが鈍く光っている。その男の顔からは笑みが消え、今度こそそのままナイフでブスリと来そうな勢いだった。

美乃里は運転席を開けようとドアに体を預け、後ろ手でドアのロックをまさぐる。しかし顎髭の男が運転席に雪崩込み、そうはさせじと美乃里の体をドアから引き離す。美乃里の手はドアに届いているのに、上手くロックに指がかからない。

顎髭の男が美乃里の左腕を掴み、男の力で美乃里はドアから引き離される。

「うむううんぬんんーーーん」

猿轡ごしに抗議をするが、やはり言葉にならない。

美乃里は頭を振り回しながら、必死に最後の抵抗を試みる。この運転席のドアさえ開けば、外に出られる。走って助けを求めれば、何とかなるかもしれない。

その時、その運転席のドアが開いた。

一瞬、誰かが助けに来てくれたのかと思ったが、乗り込んできたのはメンバーの一番若い男だった。ハンドバックとともに外に出ていたが、異変を感じて運転席側から乗り込んできたのだ。これで美乃里は、挟み撃ちにされてしまった。しかもその若い男の手にもナイフが握られている。

顎髭の男に助手席側から腕を掴まれ、運転席側からナイフを片手に若い男に乗り込まれ、美乃里は完全に行き場を失った。しかも若い男は持っていたナイフを美乃里の頰に当てる。

ヒヤリとしたナイフの感触が頰に伝わる。

「むううんむうむー」

猿轡も緩みそうもない。

足だけは自由だったが、顎髭の男はさらに肩をがっしり押さえ、美乃里は運転席で、ただじたばたすることしかできなかった。

もはやどう体を捩っても、美乃里の手はドアに届かない。

その瞬間、美乃里は固く目を閉じて、目の前のハンドルの上に思いっきり顔面を押し付けた。

「ビーー」

ワゴン車のクラクションが駐車場に鳴り響いた。

A

桐野は考えるよりも早く走り出していた。

今、クラクションを鳴り響かせている駐車場の外れのあの黒いワゴン車の中に、美乃里はいる。それは直感というよりも確信に近かった。そう考えながらも桐野は必死に足を動かす。

他の車や売店からも、何事かと人が出てきた。鳴りやまないそのクラクションを、人々は遠巻きに見ていたが、だからといって駐車場のはずれにあるそのワゴン車に近づこうとするものはいなかった。

一歩一歩、ワゴン車に迫ってはいるが、駐車場の一番奥にポツンと停まっているワゴン車までの距離はなかなか縮まらない。

相野は力の限り走っていたので、息が上がって呼吸が苦しい。心臓は早鐘のように鳴っている。

黒のワゴン車まであと二〇メートルと迫った時、クラクションが鳴りやんだ。

よく見るとワゴン車が上下に揺れている。

黒のワゴン車の窓にはスモークが貼られていて、その内部まではわからない。息も絶え絶えにワゴン車に辿り着いた桐野は、逸る気持ちのままドアの取っ手を摑み思いつきり引っ張った。

軽い感触が手に伝わる。ドアに鍵はかかっていない。そしてガラリとそのドアが横に開いた。

ナイフを片手にしていたアラブ系の男が一人、振り返りざまに桐野を呆然と見つめる。奥の運転席で何人かが揉み合っている。目を凝らしてよく見ると、髪の長い女を男二人で押さえつけているようだった。

「美乃里」

桐野がそう叫ぶと、奥の三人の動きが止まった。

さらに長い髪の女が起き上がり、暗闇の中でその目が光った。

「うおうひゃん」

やはり美乃里だった。

「神奈川県警だ。誘拐と殺人未遂の疑いで逮捕する」

かすれる声で桐野はそう叫ぶと、黒い警察手帳を突き付けた。

三人のアラブ系の男は無表情で桐野を見る。しかし手にしたナイフを離そうとはしない。

「ナイフを捨てろ。さもないと公務執行妨害で逮捕するぞ」

桐野は内ポケットからピストルを取り出し水平に構えた。それを見た運転席の若い男は、咄嗟《とっさ》にジャックナイフを美乃里の喉元に突き付ける。

「警察だ。言うことを聞け」

しかし三人のアラブ系の男は、目線と小声で何かを合図する。

「ナイフを置け。さもないと本当に撃つぞ」

桐野の射撃の腕は酷かった。

警察学校での成績は最低で、教官が匙《さじ》を投げた。サイバー犯罪担当だからということで何とか下駄を履かせてもらったが、本来ならば落第していたはずだ。

だから今、奥の若い男を狙っても、その弾丸が美乃里に当たらないという保証はなかった。しかも桐野のピストルには、まだ安全装置が掛かっている。これを外して引き金を引く間に、手前のサングラスの男に踏み込まれてしまう可能性は十分にあった。

「ナイフを捨てろ」

言葉で説得するしかない。

しかしその肝心の日本語が、このアラブ系の男たちに通じているのかが怪しかった。

「無駄な抵抗は止めろ」

一番手前のサングラスの男がナイフを片手に低く構える。咄嗟に桐野はその顔にピストルの照準を合わせ、男の動きを牽制《けんせい》する。

「ちょっとでも動いたらぶっ放す」

そう言いながら、桐野は構えているピストルを三人の顔めがけて次々と動かす。顎髭の男が何事かを呟くと、手前のサングラスの男が首を縦に振る。桐野は再び、その男の顔をめがけてピストルを構えると、すぐに安全装置を外しに掛かる。

「神奈川県警の桐野良一だな」

その時、桐野の背後で声がした。

振り返ると、眠そうな目をした男が立っていた。

浦井が遠隔操作で顔写真を盗撮した宮園直樹だった。そしてその偽名を持つ男は、右手にピストルを持っていた。

B

男が足柄サービスエリアに車を滑り込ませると、どこからかクラクションの大きな音が聞こえてきた。数分前にここで松田美乃里のスマホの位置情報が消えてしまったので、この足柄サービスエリアで何かが起こったことは明らかだった。車を減速させてどこに停めようかと周囲を見渡す。同時に桐野の乗っていた覆面パトカーを探したが、あたりは暗くそれらしき車両は見つからない。

ふと、まださっきのクラクションが鳴りやんでいないのに気が付いた。

自然と男の目線はそのクラクションの方向に引き付けられる。クラクションは、駐車場の一番遠くの黒いワゴン車から鳴っているようだ。そしてその車を目指して、一人の男が疾走していくのが見えた。

桐野良一だ。

さっき自分の車を猛スピードで追い抜いていった桐野も、この足柄サービスエリアにやってきていた。おそらく桐野も、松田美乃里のスマホの位置情報を追ってきたのだろう。男は黒いワゴン車の見える所で車を急停車させると、素早くサイドブレーキを引いた。そして勢いよくドアを開き、ワゴン車に向かう桐野の後ろ姿を追う。

神奈川県警のサイバー犯罪対策課員、桐野良一。

デジタル・フォレンジックでFBIからも一目置かれる凄腕のサイバー刑事。単独で警視庁のネットワークに忍び込み、長らくその痕跡を残さなかった技術も大したものだが、警察官とは思えないその大胆さに驚いた。桐野がやったことがマスコミにばれれば、警察組織を揺るがしかねない一大スキャンダルになるだろう。

男は走りながら駐車場を見渡した。

ここに警察関係の車はなさそうだ。交通管制センターのクラッキングで、神奈川県警もここまでは手が回らないのだろう。さっきからクラクションを響かせていた黒いワゴン車には、遠巻きに野次馬が眺めてはいるが、桐野と自分以外は誰も近づこうとはしていない。

桐野が黒いワゴン車のドアを開けるのが見えた。

男は胸のポケットからピストルを取り出した。素早く安全装置を外すと、いつでも発射できるようにその引き金に指をかける。実弾も六発ほど入っている。

息を切らせて黒いワゴン車に近づくと、桐野が大きな声で何事かを叫んでいた。男は中の様子を窺った。暗くてよくはわからないが、複数の男たちが蠢《うごめ》いているように見える。

さらに桐野が何かを叫んでいた。

「神奈川県警の桐野良一だな」

男はその背後から声を掛けた。

桐野が呆然とした顔で自分を振り返ったその瞬間、男は迷わず引き金を引いた。

足柄サービスエリアに一発の銃声が響き渡った。

最終章

インバウンドで中国からの観光客が急増し、関西国際空港を中心に各地の出入国審査は慢性的な人員不足に見舞われていた。税関は繁忙期には管理職も動員して対処をしていたが、職員が入国審査でゲートに入ると三、四時間は缶詰め状態となってしまう。それでも外国人観光客を、入国ゲートで二時間も待たせてしまうことが少なくなかった。

そこで導入されたのが、自動化ゲートだった。

この自動化ゲートはパスポートと指紋の照合で本人確認を行い、自動的に出入国ができるシステムだった。自動化ゲートを利用するためには、事前にその利用者登録をする必要があった。しかし特に難しいことはなく、申請書とパスポートを担当職員に提出するだけで、フライト当日でもその登録は可能だった。

一度登録すればパスポートが有効な限り自動化ゲートを利用できるので、何回も海外に行くビジネスマンなどには便利なシステムだった。ちなみに自動化ゲートを使うと、パスポートに出入国のスタンプは押されない。海外旅行の思い出にパスポートのスタンプが欲しい場合は、窓口の職員にその旨を申し出れば、押してもらえることになっている。

その日、大阪入国管理局の中出名奈《なかいでなな》は、関西国際空港第一ターミナルで自動化ゲートの利用者登録の窓口業務を行っていた。いつものように申請書とパスポートを受け取り、専門の機械を使って希望者に指紋の登録を促す。そこで特に問題がなければ、登録済みのスタンプを押してパスポートを返すだけだった。

三田光雄《みたみつお》。

若いビジネスマンが申請書とパスポートを持ってきた。その時になぜか、中出は軽い違和感を覚えた。

「今日、出国されるんですか」

さりげなくそう訊ねる。

「ええ。午後のフライトで北京まで」

ハスキーな声でその若いビジネスマンはそう答えた。

その時中出は、その違和感の原因に気が付いた。この若い男は、三日前に横浜の留置施設から脱走したあの連続殺人鬼に、どことなく似ていたからだった。

しかし、まさかなと中出は思う。

こんな白昼に、脱走中の連続殺人鬼が堂々と出国ゲートをくぐるはずがない。

「こちらの機械に、両手の人差し指を当ててください」

しかももしこの男が丹沢のシリアルキラーならば、この指紋認識機が見逃すはずがなかった。入国時も出国時も指名手配犯と思われる人物は、税関で指紋がチェックされる。わざわざ指紋を採取される自動化ゲートの登録に、自ら指名手配犯がやって来るはずがない。中出はそう思ったが、それでも緊張した面持ちで機械を見つめる。

「自動化ゲートだなんて、また便利なものができましたね」

若い男は呑気《のんき》に中出に話し掛ける。自分が疑われているとは、微塵も感じていないようだった。

「え、ええ。もっと皆さんに利用してもらえると嬉しいんですが」

中出は平静を装いながらも、機械の認識結果をじっと見つめる。

「いやー、本当に便利ですね。これ一度、登録すれば出国審査が指一本でできてしまうんでしょ」

男はハスキーな声で饒舌《じょうぜつ》に喋る。

機械に異常な反応は出なかった。中出はもう一度、男の顔をじっと見る。やはり、あの連続殺人鬼にどことなく似ている。

「すみません。もう一度、指を当ててもらえますか」

「いいですよ」

男は気軽に人差し指を機械に当てる。

やはり、機械の認識結果に異常は見られなかった。

他人の空似なのだろうか。

よくよく見るとテレビで見た連続殺人鬼の写真とは、どことなく雰囲気が違うような気もする。やはり別人なのだろう。何より機械がそういう結果を出す以上、中出としては男をここに引き留める理由がない。登録済みのスタンプを押してパスポートを返却する。

「ご苦労様です」

男はにっこり微笑むと、出国ゲートに消えていった。

A

桐野が目を覚ますと、腹部に激痛が走った。

「ううっ」

顔を顰めるのと同時に、小さく声が出てしまった。

「良ちゃん。気が付いた」

誰かが心配そうに自分を覗き込んでいる。見たことのない部屋だった。腕に突き刺さったチューブから点滴が送られている。どうやらここは病院のベッドらしい。

「……美乃里？」

暫く頭がぼーっとしてはいたが、徐々に意識が鮮明になる。それと同時に腹部の痛みも激しくなった。

「出血が酷すぎて、一時は絶望的とまで言われたのよ。みんな本当に心配したんだから」

涙ぐみながら美乃里が言った。どうやら腹の傷は思った以上に深いらしい。

「俺はどのぐらい意識を失っていたんだ」

美乃里が部屋のカレンダーを見る。

「そうね、今日でちょうど三日目だね」

そんなに長く。桐野は軽くショックを受けたが、それと同時に腹部の痛みの原因を思い出した。

あの時、眠たそうな目をした男のピストルから発射された弾丸は、桐野に襲いかかったサングラスの男の左肩を貫通した。サングラスの男はもんどりうって後ろに倒れたが、その直前に右手に握っていたナイフが桐野の腹部に突き刺さっていた。

『桐野君、大丈夫か』

Mだと思っていた男に助けられた。

『あなたは、一体、何者ですか』

この男がMではなかったのか。

『警視庁公安部、兼サイバー攻撃対策センターの兵頭彰《ひょうどうあきら》だ』

公安がなぜ？

桐野は薄れゆく意識の中でそう思ったことを思い出した。

「その後、事件はどうなった」

自分が意識を失っていたこの三日間に、何が起こりそして何が解決したのか。

「三人のアラブ系の男たちは、その場で兵頭さんに現行犯逮捕されたの。でも彼らを雇った人物については、まだその正体がわかっていないみたい」

美乃里のその言葉を聞いて、桐野は軽く混乱する。

M——。

あの眠そうな目をした兵頭がMでなかったら、一体、誰がＪＫ16を殺したのだろうか。そして五八〇億円相当の仮想通貨を盗もうとしたのは、一体、どこの誰だったのだろうか。

「兵頭さんの推理によると、私が殺されそうになったのも、あのランサムウェア騒動や交通管制センターがクラッキングされたのも、Mが仮想通貨をダークウェブで交換するための陽動作戦だったかもしれないって」

美乃里が兵頭から聞いた話によると、五八〇億円相当の流出仮想通貨は、警察が大混乱を起こしている裏で、ダークウェブ上ですっかり交換されてしまったらしい。公安のサイバー犯罪担当である兵頭は、あの五八〇億円の仮想通貨の行方を追っていたそうだ。

ランサムウェアと交通管制センターへの攻撃は、警視庁の管轄である東京でも行われた。警視庁では、サイバー対策センターがその対応に追われ大混乱に陥った。Mは五八〇億円分の仮想通貨を手にするために、警視庁を中心とした全国各地の警察のサイバー担当セクションを機能不全にしたかった。そして同時に美乃里を誘拐したのは、Mに迫りつつあった桐野への陽動作戦だったというのが、兵頭の推理だった。

「三人のアラブ系の実行犯はどうなった。Mに頼まれたと自供したのか」

美乃里は大きく頷いた。

「ネットでMに雇われて、私を殺すように依頼されたんだって」

ＪＫ16が殺害された時と同じパターンだ。

桐野はその話に納得しかけたが、ちょっとした疑問を感じた。

ＪＫ16はMの正体を摑んでいたから、その命を狙われた。しかし自分たちは、見当違いの兵頭をMだと思って追っていた。それなのに美乃里は命を狙われた。どこか知らないところで、自分たちはMの虎の尾を踏んでいたのだろうか。

一体、Mは誰だったのか。

「そうだ、浦井はどうなった」

「まだ見つかっていないの。警察も必死に捜しているけど」

しかしそれは時間の問題だと桐野は思った。監視カメラが張り巡らされた日本で、さらに指紋もDNAも特定されている浦井が、このまま逃げ通せるはずがない。

その時、病室のドアがノックされ、眠そうな目をした男が現れた。

「意識が戻ったようだな」

警視庁公安部兼サイバー攻撃対策センターの兵頭は、黒い地味なスーツを着ていた。実際に見ると、年齢的には四〇代後半ぐらいだろうか。公安だけあって、その表情は浦井のように何を考えているかわからない。

桐野は兵頭に頭を下げようと体を起こすが、痛みで顔を歪めた。

「そのままで結構。君はまだ病人だから」

「色々、ありがとうございました」

わき腹の痛みに堪えながら、桐野は感謝の言葉を口にする。

兵頭は無言で丸椅子に腰かけると、美乃里に聞こえないように小声で話し掛ける。

「公安警察のデータベースに潜入した不正アクセス禁止法違反で、君を事情聴取しなければならない。しかしその傷では無理そうだな」

桐野はその眠そうな目を凝視する。どこまでばれているのか。侵入した痕跡を消したつもりだったのに、本当に自分がアクセスしたことが、ばれてしまっているのだろうか。

「最初は美乃里さんを疑っていた。IPアドレスから美乃里さんの住所を探り出し、尾行や行動確認をしていたら、犯人はその恋人のサイバー担当の現役警察官だった。しかもその人物が、桐野喜朗《よしろう》さんの息子だったとはな」

目の前の公安警察官が、父親の名前を口にしたので桐野はさらに驚いた。

「父のことを知っているんですか」

改めてその眠そうな目を凝視する。相変わらずその感情を読むのは難しい。

「君のお父さん、桐野喜朗はかつて俺の上司だった。君のお母さんにも、本当にお世話になった。入院中と知ったので、先日お見舞いに行かせてもらった」

「そうだったんですか」

「ところで公安のデータベースに忍び込んだのは、やはり死んだオヤジさんの事件の真相を知りたかったからなのか」

「そうです」

父親は二〇年前に殉職した。しかしその真相は謎に包まれていて、身内にも明らかにされていなかった。その真相を探ることこそが、高給を捨てて警察に転職した桐野の最大の目的だった。

「なぜ、父は死んだんですか」

兵頭は桐野から目を逸らし、小さくため息をついた。

「君のお父さんは尊敬に値する人物だった。その死に関して、君や君の家族が負い目を感じるようなことは一切ない」

「事件の真相を教えてもらえませんか」

「一国の運命が左右される事件だからな。でもいつか時が来れば、あの事件のことは君に話をしよう。しかし今は、君の不正アクセス禁止法違反について問い質《ただ》さなければならない」

桐野は何も言わずにじっと兵頭を見つめる。

「本来ならば、俺は君を逮捕しなければならない。しかし今日は取引を提案しに来た」

「司法取引ですか」

「いや、オヤジさんにお世話になった元部下として、そしてともにサイバー空間で犯罪を取り締まる刑事同士としての取引だ」

「私の知っている情報を、洗いざらい警視庁に提供しろってことですか」

「もちろんそれもある。しかし一番の条件は君の進退だ」

「自発的に警察を辞めろということですか」

兵頭はその眠そうな目で桐野のことをじっと見る。

「いや、むしろその逆だ。君が警察を辞めなければ、今回の件は不問にする。ただでさえサイバー捜査官が少ないのに、ＦＢＩに一目置かれるような逸材を失うのは惜しいからな。しかも君ならば、警察を辞めても高給で採用する企業はいくらでもあるだろう。だからこれはペナルティだ。君が警察を辞めなければ、事件のことは俺が握り潰す。当然、刑事告訴もしない」

「狡《ずる》いですね」

「ああ、狡くなければ、公安でサイバー犯罪なんか扱えないからな」

桐野は一瞬、判断に迷った。

自分はこのまま警察官を続けていくのだろうか。父の事件の真相がわかれば、いずれは警察を辞めてしまうだろうと思っていた。

「それで本当に不問にしてくれるんですね」

「まあ本当のことを言うと、ここで君を逮捕しても裁判では勝てないからな」

兵頭はとぼけた顔をして頭を掻いた。

「やはり、そういうことですか」

「ああ。違法な方法で入手した証拠は、裁判では認められないからな」

兵頭がどんな証拠をどんな方法で入手したかはわからないが、違法なマルウェアなども使っているのだろう。アメリカではそれらをポリスウェアと呼んだりもするが、その法的な根拠は日本では曖昧なままだった。桐野も捜査を進めていくにつれて、その悩みを抱えるようになっていた。

「ところで、宮園直樹というのは誰ですか」

少しは反撃しておこうと桐野は思った。

「さすがだな。その名前はハッキングをする時の俺のダミーの名前だ。これ以上詳しいことを話すと、さっきの不問の件も考えなおさなければならなくなるが、それでもいいか」

「いや、このぐらいにしておきます」

桐野がニヤリと笑うと兵頭が初めて白い歯を見せた。何のことだかわからないという表情で美乃里が二人を見つめている。

「さあ、君が摑んだMの情報すべてを教えてくれ。今、警視庁はMを逮捕できるかどうかの瀬戸際にある。仮想通貨流出事件は如何《いかん》せん合法的な証拠が少ない。JK16殺害と美乃里さんの殺人教唆ならば、何とかいけるはずだ」

そこからは美乃里に席を外してもらい、警視庁の兵頭が摑んでいる情報と、桐野が摑んだ情報を重ね合わせた。すると匿名通信の壁に挟まれていたMの意外な正体が、朧気《おぼろげ》ながら浮かび上がってきた。

「桐野君、ありがとう。これで何とかなるかもしれない。私はこれから桜田門を説得しに帰らなければならないが、君に代わって必ずMを逮捕する」

そう言い残して兵頭が去ると、入れ替わりに美乃里が病室に戻って来た。

美乃里はおでこに小さな絆創膏《ばんそうこう》を貼っていた。

大怪我ではなかったが、あのアラブ系の男たちとの格闘でいくつかのかすり傷を負ったらしい。

「美乃里。今回は大変な目に遭わせてしまって、本当に悪かったな」

「ううん。結果的には私は大丈夫だったし、それより良ちゃんの怪我の方が心配だったよ」

美乃里は自分の怪我よりも、桐野のことが心配で眠れない夜を過ごしたらしい。

桐野も今回ばかりは反省した。

思えば今まで、自分はあまり人の気持ちを考えたことがなかった。人とは一定の距離感を保ち、深く関わらないことにより、煩わしい人間関係とは無縁でいたいと思っていた。

それは恋人の美乃里に対しても同じだった。

しかし今回、美乃里を大変危険な目に遭わせてしまった。美乃里はもう少しであのアラブ系の男たちに殺されていたのかもしれないのに、そんな事件に巻き込んだ自分の怪我を本気で心配してくれた。しかもその美乃里のおかげで、今回の事件が解決できるかもしれなかった。

桐野はベッドの上に置かれていた美乃里の手を取った。そしてその小さな白い手を強く握る。

「美乃里、愛してる」

美乃里の目に大粒の涙が浮かんでいた。

B

成田空港第一ターミナル南ウイング。

兵頭は出国審査のゲートの前に立って、一人の男がやって来るのを待っていた。その男がここから中国国際航空で北京に渡った後、高麗《こうらい》航空でピョンヤンに入る予定であることも摑んでいた。兵頭の周囲には、私服の捜査官が二〇人ほど配置されていて、その中には神奈川県警捜査一課の後藤刑事らも加わっていた。耳に挿したイヤホンからは、その男が空港カウンターでチェックインをすませ、まさに自分が待ち受ける出国ゲートに向かっていることを伝えていた。

　やがて兵頭の目からもその男の姿が確認できた。銀縁の眼鏡をかけた男が、周囲を窺うように歩いてくる。その男の前に、兵頭は後藤とともに立ちはだかった。そして胸のポケットから黒い手帳と一枚の紙を取り出して、その男の鼻先に突き出した。警察手帳とともに突き出した一枚の紙は、上司を必死に説得して何とか発行してもらった逮捕状だった。

「警視庁公安部の兵頭だ。森岡一。あなたを吉見大輔、長谷川祥子、神宮寺紗綾子の殺人、松田美乃里の殺人未遂、そして私電磁的記録不正作出・同供用容疑、さらに不正指令電磁的記録作成などの容疑で逮捕します」

「もう一度言ってください。殺人は誰に対する容疑ですって」

　森岡は驚きながらも、淡々とした口調でそう訊ねた。

「吉見大輔と長谷川祥子、そしてＪＫ16こと神宮寺紗綾子の三人だ」

　兵頭の声が上擦《うわず》った。

「吉見大輔？　長谷川祥子？　誰ですかそれは」

「三年前に、お前が殺したホワイトハッカーとその恋人だ」

「何のことだかわかりませんね。まあ、ＪＫ16が殺されたことは知っていますが、それも私には関係ないと思いますよ」

淡々と話す森岡の口調が兵頭を不安にさせる。

「神宮寺紗綾子を、三人のアラブ人に襲わせただろう」

「さあ、どこにそんな証拠があるんでしょうか」

森岡は余裕の表情を崩さない。

「まあいい。少なくとも松田美乃里を殺そうとした三人の外国人の身柄は、我々の手にある」

そのアラブ系のサングラスの男と連絡を取り合っていた人物の携帯番号は摑んでいた。しかしそれはプリペイド携帯で、その購入者の名前は偽名だった。

「私電磁的記録不正作出というのは何に対する罪ですか」

「五八〇億円の仮想通貨を騙し取った罪だ。お前は交通管制センターに潜入し信号機をクラッキングした。そしてその混乱に乗じ、五八〇億円の仮想通貨をダークウェブ上で売りさばいた」

五八〇億円相当の仮想通貨は、ダークウェブ上で市場価値の九〇%で売り出され、瞬く間に別の仮想通貨に交換された。

「今回の北朝鮮行きは、そこで得た新しい仮想通貨を引き出して、さらに足がつかないようにまた別の仮想通貨の口座に移し変えるのが目的だろう」

ダークウェブ上での仮想通貨の交換は、物々交換みたいなもので取引所を通さない。

日本では仮想通貨口座の開設時に、厳しく個人情報の提出を求められるが、海外の口座はかなり緩い。架空の個人情報で作った海外の口座で、取引所と紐付けされていない仮想通貨を何回も交換されてしまえば、日本の警察ではその取引の実態を把握することは不可能だ。

「不正指令電磁的記録作成容疑とは？」

「警察のホームページを改ざんし、ランサムウェア攻撃を仕掛けた罪だ」

各地の警察のホームページを改ざんし、さらにそこからランサムウェアをばら撒いたのは、僅かなランサムウェアの身代金目的ではなく、やはり五八〇億円の仮想通貨をダークウェブ上で交換するための陽動作戦だと推理した。自作自演だからこそ、あのランサムウェアの復元ソフトが森岡に作れたのだ。

「きちんとした、つまり合法的な証拠はあるのでしょうね」

「もちろんだ」

兵頭は口ではそう言ったものの、薄氷を踏む思いだった。この情報を知るきっかけになったビットマネー社のネットワークへの潜入も違法だし、それ以外にもかなりグレーな方法で捜査を行っていた。それらが裁判でどの程度証拠として認められるかは、兵頭自身もわからなかった。

しかしＦＢＩから連絡が入った。

Mを名乗る人物が使った匿名通信の最終ノードの捕捉をFBIに依頼していたが、ギリギリのタイミングでそれを掴むことができた。それを桐野から得た情報と照らし合わせた結果、森岡こそがMであり、五八〇億円の仮想通貨流出の真犯人であると判断した。ここで森岡を逮捕して自供を引き出し、さらに芋づる式にメールを辿っていけば、決定的な証拠が得られるはずだと上司を説得し令状を取った。

「わかりました。それでは、私の顧問弁護士を呼んでください」

A

腹部の傷も何とか塞がり、桐野は二週間ぶりに県警の本庁舎に登庁した。兵頭から森岡がMだったと知らされた時は、正直、誤認逮捕を疑った。しかしTorの最終ノードが判明し、かつ森岡自身が自白したのだから、その事実を疑うわけにはいかなかった。

「どうして、仮想通貨を狙おうなんて思ったんですか。私が辞めて事務所が経済的に困っていたからですか」

桐野は森岡に、取調室で特別に二人だけで会わせてもらった。

「事務所の資金繰りに苦労していたのは事実だ。しかしビットマネー社の管理が甘すぎることを知ったのが直接のきっかけだ。そこに五八〇億円が落ちていれば、誰だって拾いたくはなるだろう」

森岡はビットマネー社のコンサルタントをやる内に、そのシステムに致命的な欠陥があることに気がついた。さらに彼らの運用管理も杜撰《ずさん》すぎた。全く証拠を残さずに、闇から闇に仮想通貨を流出させ、さらにそれを売り払う自信があったらしい。

「JK16さえ現れなかったら、すべては上手く行くはずだった。あのホワイトハッカーの登場だけが誤算だった」

もしも桐野が森岡の近くにいれば、その企みに気づいて止められたかもしれなかった。そう思うと、会社を辞めたことが悔やまれる。

「JK16を殺さなくてもよかったでしょう」

しかも森岡は、殺人にまで手を染めてしまった。

「殺さなければこっちが捕まっていた。もうその頃には、後戻りができなくなってしまっていたんだ」

クラッカーなんて、そんなものかもしれないと桐野は思った。なまじ犯罪をしている実感がないだけに、ネット上の犯罪はすぐにエスカレートしてしまう。

「吉見大輔と長谷川祥子も、あなたが殺したんですか」

「何度もそれを訊かれたが、全く何のことだかわからない」

「あなたはMじゃないんですか」

森岡は大きく首を振る。

「Mが過去の仮想通貨流出事件に絡んでいたという噂があったから、その名前を借りただけだ。三年前に吉見というホワイトハッカーとその恋人を殺したのは俺ではない」

もしも森岡の言うことが本当ならば、事件は再び謎に包まれてしまう。

「しかしどうして美乃里まで、殺そうとしたんですか」

県警の捜査を攪乱《かくらん》するために、サイバー対策課の中心人物の桐野の恋人を狙ったと森岡は自供したらしい。しかし桐野は、それには納得できなかった。

「捜査を攪乱する目的だったら、美乃里を殺す必要はないじゃないですか。何しろ私は、あなたが犯人だとはこれっぽっちも思っていなかった」

森岡は唇を噛みしめたまま、何も語ろうとはしない。

「むしろあなたは美乃里に好意を持っていたのかと思っていたのに」

森岡は黙って何も言わない。

自分の知らないところで、美乃里と森岡に何かがあったのだろうか。

「……愛していたからな」

やはりそうか。

その一言を聞いて、桐野は驚くよりむしろ納得した。三人で行動を共にしていて、今までに何度かそんなことを感じたことがあったからだ。

「その愛情が屈折して、殺害に及んだということですか」

「まあ、そう言えないこともないか」

森岡は遠い目をしてそう言った。

「きちんと話をすればよかったじゃないですか」

「話？　それは無理だ。俺の愛情は受け入れられないものだから」

「そうだったんですか。美乃里がそう言ったんですか」

森岡は大きく首を左右に振った。今まで桐野が見たことのない苦し気な表情だった。

桐野は複雑な気持ちになった。自分と美乃里の関係が、ここまで森岡を苦しめていたのか。そんなことは、今の今まで知らなかった。

森岡はゆっくり顔を上げると、まっすぐ桐野を見つめて口を開いた。

「俺が愛していたのは、お前だから」


浦井は依然として見つかっていなかった。

「警備の警察官を襲って、浦井はその制服を着て脱走したらしい」

捜査本部で久しぶりに桐野の顔を見た後藤が、挨拶も早々にその時の状況を説明してくれた。警備が厳しい取調室ではなく、一般の職員も使う会議室で浦井は作業を行っていたから、後はあの腰縄さえ外してしまえば脱走自体は簡単だった。それでなくともあの時本庁は大混乱に陥っていたので、警察の制服を着た浦井に気づくものはいなかっただろう。

「私も会議室に立ち寄った時に、そこに浦井も警察官もいないのはおかしいと思いましたが、何しろ恋人が誘拐されたとわかった直後だったから、浦井のことまで考えが回りませんでした。それに浦井は私にメールを送ってきたので、てっきり本庁内のどこかで作業しているものだと思っていました」

今思えば、何であんなに浦井を信用してしまったのだろうか。

「しかし奴が脱走してからもう二週間か。何でこんな長い間捕まらないんだろうか」

浦井の脱走がわかりすぐに捜査線が敷かれた。徐々にNシステムも復活していたので、監視カメラで浦井を見つけ出すのは時間の問題かと思われた。

「カメラの情報も随分集まっているんだがな」

最近のカメラはピントが甘かったりぶれたりしても、デジタル処理をして鮮明な映像にすることができた。それを3Dモデリングという技術を使って照合すれば、たとえ整形手術をしたとしても、骨格から同一人物を判定できる。

「なのに、どうして捕まらないんですか」

「わからん」

突き放すように後藤が言った。

桐野にもその謎が解けなかった。

ふと目の前の机に目をやると、一冊の週刊誌が置かれていた。

『消えた丹沢のシリアルキラー。目撃情報は全部空振り』

桐野がペラペラとページを捲ると、そんな見出しに目が留まった。グラビアページに、まさにその浦井のことが載っていた。

「あれ？　後藤さん。この写真、なんか変じゃないですか」

そこには警察から提供された浦井の指名手配写真が印刷されていた。

「え、写真がどうかしたのか」

グラビアページのその浦井の写真を見て、桐野はちょっとした違和感を覚えた。

「この写真ですよ。この指名手配写真の浦井は、ちょっと太りすぎていませんか」

グラビアに載っていたその浦井の顔は、確かに浦井によく似てはいたが、どことなく浦井ではないような感じがした。

「この写真を撮った時は、太ってたんじゃないか」

「いや、痩せてるとか太ってるとかじゃないですよ。なんか骨格が違うというか、何か変じゃないですか」

後藤も何かを感じたらしく、その顔写真を凝視する。

「確かにそう言われると、顔全体のバランスが違うような気がするな。目や口とか、パーツは俺たちが見てきた浦井と全く同じなんだが」

「この写真はいつ撮影されたものですかね」

「逮捕された直後だろう。指紋やDNAを一緒に取った時だ」

どういうことだろうか。その時撮った浦井の写真が、桐野の印象と違うのはなぜなのか。長い取調べで顔が変わったとでもいうのだろうか。

「浦井がこの本庁舎から脱走したのは、俺が美乃里を追いかけて出て行った大分後でしたよね」

「ああ。確か二〇時過ぎに玄関のカメラがその姿を捕らえていたそうだ」

「二〇時過ぎ？　そんなに遅かったんですか。じゃあその間に、浦井はこの本庁舎内で何をやっていたんでしょうか」

桐野はポソリとそう呟いた後、自分でその答えを考える。

桐野は県警のデータベースのアクセス履歴をチェックする。

そこにはかつて神奈川県警が逮捕したすべての人物の指紋、DNA、そして顔と全身の写真などの個人の身体情報などが登録してあり、県内はもちろん全国の警察の所轄からも閲覧できる。その犯罪者のデータベースは、外部からハッキングされないようにインターネットには繋がっていない。閲覧するだけならば所轄のパソコンでも可能だが、そのデータを入力・修正するためには、限られたパソコンでしかできず、しかも管理者権限が必要だった。

ちょうど二週間前の一九時五三分に、桐野の管理者権限を使ってデータベースにアクセスした履歴があった。しかしその時間は、桐野は美乃里を追って車を疾走させていたから、どう考えてもこのデータベースにはアクセスできない。そしてその時のデータベースへのアクセスは、地下三階のサーバールームのコンピューターから行われていた。

浦井の仕業であることは間違いない。

あれだけ一緒に仕事をしていれば、桐野のパスワードなどを推測することも浦井ならばできただろう。

桐野は逮捕者のデータベースの浦井の写真をチェックする。

マスコミに公表されたその写真は、二週間前のその時に、新しいデータに書き換えられていた。微妙に修正されたその写真は、実際に浦井と接した桐野と後藤は気づくことができたが、防犯カメラの顔認識はすり抜けることができたのだろう。さらに指紋やDNA情報は、全く関係ない人物のものに書き換えられていた。

桐野はその狡猾さに、舌を巻いた。

『桐野さん。お久しぶりです』

知らない番号のその電話に出ると、ハスキーな声が聞こえてきた。浦井のデータベース改ざんに気づき、新たな浦井のモンタージュ写真をマスコミに公開した翌日のことだった。

「浦井。今、お前はどこにいる」

『さあ、どこでしょうかね』

スマホから微かにノイズが聞こえてくる。きっと海外だろうと桐野は思った。

「俺の管理者権限を使って、県警のデータを書き換えたな」

『Mが捕まったらしいですね』

桐野の問いかけなど聞こえなかったかのように、浦井は訊ねる。

『仮想通貨流出事件にも絡んでいたそうですね』

マスコミがその事実を大々的に報道していた。

「まだ裏が取れたわけではない」

『桐野さん。そのMは、ホワイトハッカーの吉見大輔やその恋人の長谷川祥子を殺したMではありませんよ』

執拗に取調べが行われたが、森岡は吉見大輔と長谷川祥子、そして一八〇センチを超える長身の男の殺害は否認していた。

「なぜお前はそう断言できるんだ」

どうして浦井はわざわざ電話を寄こして、そんな情報を自分に教えるのだろうか。しかもまるで犯人がわかっているかのような口調だった。

桐野の脳裏に、ある一つの疑念が生じた。

「浦井。お前がMだったんじゃないのか」

それならばすべての謎が解ける。長谷川祥子も吉見大輔も、そして身元不明の大男も、全部Mだった浦井が殺したのではないか。

『以前も申し上げましたが、Mはアノニマスみたいな集合体になってしまって、誰か特定の個人を指すわけではありませんよ』

「だけど最初のMはいたんだろう。JK16は別にしても、吉見大輔や長谷川祥子を殺害したMは誰だったんだ。森岡が殺していないとすれば、初代のMがその犯人だろう。そしてお前こそが、その犯人、つまり初代のMだったのじゃないのか」

『違いますよ』

浦井はハスキーな声で否定する。

『僕は桐野さんに、一つだけ言っていなかったことがありました。別に隠していたわけではなかったのですが、誰にも訊かれなかったのでその事実を話していませんでした。今日はそれを伝えたくて電話をしました』

浦井の口調は相変わらず淡々としていた。

『僕はあの丹沢の山に、自供した以上の女性の死体は埋めていません。しかし、一人だけ男性の死体を埋めました』

「男性？　吉見大輔か」

『違います。もう一人、身許がわからない死体があるじゃないですか。あれは僕が殺して、あの場所に埋めました』

「なんだと。じゃあ、あの死体は誰だ。お前は誰を殺したんだ」

『Mです』

桐野は思わず息を呑んだ。

どういうことだ。一瞬、桐野にはその意味が理解できなかった。

『あの男こそ、ダークウェブで有名だった伝説のクラッカー、初代のMです。だから桐野さんたちが追っている犯人は、もうこの世には存在しないんです』

桐野は混乱する頭で、もう一度事実を整理する。

森岡とは別に、初代のMが実在していた。しかしその初代Mは、既に殺されていて、あの山で発見された長身の身元不明の男だった。

「本当に、お前がMを殺したのか」

『はい、そうです』

浦井は初代Mではなかった。しかしその初代Mを殺害したのは、他ならぬ浦井だと自白した。

『僕はMの正体を知ってしまいMから殺されかけました。そういう意味では、正当防衛と言ってもいいぐらいです。襲われた僕は逆にMを殺して、あの山にMの死体を埋めたんです』

「じゃあ、吉見大輔と長谷川祥子を殺害したのは誰なんだ」

『僕が殺したM。つまり初代のMです。吉見大輔は僕と同じようにMに接近して、恋人とともに殺されました。そのことだけはお伝えしておこうと思いまして、今日は電話をしたんです。何しろ桐野さんは、僕の唯一の友達ですから』

友達という言葉が胸を突いた。

「浦井……」

『もしもあの時、Mではなくて桐野さんに出逢っていたら、僕はこんな風にはなっていなかったでしょうね』

その言葉を最後に電話は切れた。

浦井が初代Mを殺し、あの山に埋めた。

思い起こすと、確かに浦井はもうMが死んでいることを仄めかすような発言を繰り返していた。それは自分の手で既に殺していたという意味だったのだ。しかし自分が殺害した初代Mの模倣犯が現れたので、警察の捜査に協力する気になったのだろう。

そして警察は、Mの模倣犯の森岡を逮捕することに成功したが、再び浦井光治というとんでもない連続殺人鬼を野に放ってしまった。桐野の胸中に漠然とした不安が募り、腹部の傷が痛み出した。

「おい、桐野。遂に神奈川県西部に住んでいた天才少年の手掛かりを摑んだぞ」

スマホを片手に呆然と立ち尽くす桐野の背後に、声を掛ける中年の刑事がいた。声の主は毒島だった。

「ああ。初代Mのことですね」

「初代？」

毒島が怪訝な表情をする。

「それに関しては、たった今私の方でも凄いことがわかりました」

「松田町の公立中学の先生が、その天才少年のことを覚えていたんだ」

桐野の言葉を遮って、興奮気味に毒島が語る。

「そうですか。やはり、Mはもともとこの辺に土地勘のある人物だったんですね」

そしてそれが他ならぬ初代Mなのだから、当然、子供の頃からパソコンの才能は秀でていたのだろう。

「そうだ。やたら身長が高かったらしく、中学三年生で既に身長が一八〇センチもあったそうだ」

発見された死体の身長もそのぐらいだったはずだ。科学的な捜査をしなければ断言はできないが、やはり浦井が言っていたことは事実なのだろう。

「そしてその天才少年の名前を聞いて、俺は何がなんだかわからなくなった。すっかり頭が混乱してしまったんで、まずはお前の意見を聞こうと真っ先にここにやって来たんだ」

毒島の額に薄《う》っすらと汗が浮かんでいた。

「名前？　名前がどうかしたんですか」

「その天才少年の名前は、浦井光治だった」

桐野は自分がつい数分前に電話をしていた男とは、似ても似つかない顔をした中学生の写真を手渡された。

「それはもちろん本名ですよね」

「ああ、戸籍も確認した」

どういうことだろうか。

浦井光治というこの写真の少年が成長して初代Mとなり、吉見大輔と長谷川祥子を殺害した。そしてさらにダークウェブ上で接触した黒髪好きの男に、丹沢の山や死体の埋めかたを教え、その男がさらに五人の女を殺してしまう。そしてそれを教えた初代Mの浦井光治も、その男の手によって殺されていた。

そして初代Mの浦井光治を殺した後に、その男は浦井光治になりすました。逮捕直後、警察は浦井の過去を洗ったが、近親者がいなかったこと、そして初代Mの浦井光治も丹沢のシリアルキラーも二人とも身長が高かったことなどから、そのなりすましに気が付けなかったのだろう。

桐野はスマホを取り出して、さっき自分を友達と呼んだ男の番号をリダイヤルする。今さらこの電話にあの男が出るとは思えなかったが、辛抱強く通話に切り替わるのをじっと待った。

浦井……。

しかし桐野は気が付いた。

その名前自体も、もはやあの男のものではない。

やがて電話から英語のガイダンスが流れてきて、メッセージの録音を促す機械音が聞こえてきた。

桐野は軽いため息とともに口を開く。

「なあ……。友達だったら、名前ぐらい教えてくれよ」

本書は書き下ろしです。
この物語はフィクションです。作中に同一の名称があった場合でも、
実在する人物・団体等とは一切関係ありません。

《参考文献》

『サイバー・インテリジェンス』　伊東寛　祥伝社新書　二〇一五年
『サイバー犯罪入門　国もマネーも乗っ取られる衝撃の現実』　足立照嘉　幻冬舎新書　二〇一七年
『警視庁　科学捜査最前線』　今井良　新潮新書　二〇一四年
『ハッカーの学校』　ＩＰＵＳＩＲＯＮ　データ・ハウス　二〇一五年
『今さら聞けないビットコインとブロックチェーン』
大塚雄介　ディスカヴァー・トゥエンティワン　二〇一七年
『秒奪　交通管制システムに侵入せよ！』　管野ひろし　ポプラ社　二〇〇九年
『別冊宝島２５０４号　警察　科学捜査最前線』　宝島社　二〇一六年

執筆にあたり、ファイア・アイ株式会社ＣＴＯ伊東寛様に、多大なるアドバイスをいただき心から御礼申し上げます。また快く取材に応じていただいたデジタルデータソリューション株式会社フォレンジック事業部の日置啓介様、森恵子様にも感謝いたします。

宝島社
文庫

スマホを落としただけなのに
囚われの殺人鬼
（すまほをおとしただけなのに　とらわれのさつじんき）

2018年11月20日　第1刷発行

著　者　志駕 晃
発行人　蓮見清一
発行所　株式会社 宝島社
〒102-8388　東京都千代田区一番町25番地
電話：営業 03(3234)4621／編集 03(3239)0599
http://tkj.jp
印刷・製本　中央精版印刷株式会社

ISBN 978-4-8002-9014-4